# JENIPAPO

Editora Appris Ltda.
1.ª Edição - Copyright© 2024 da autora
Direitos de Edição Reservados à Editora Appris Ltda.

Nenhuma parte desta obra poderá ser utilizada indevidamente, sem estar de acordo com a Lei nº 9.610/98. Se incorreções forem encontradas, serão de exclusiva responsabilidade de seus organizadores. Foi realizado o Depósito Legal na Fundação Biblioteca Nacional, de acordo com as Leis nos 10.994, de 14/12/2004, e 12.192, de 14/01/2010.

Catalogação na Fonte
Elaborado por: Dayanne Leal Souza
Bibliotecária CRB 9/2162

| | |
|---|---|
| L533j<br>2024 | Leite, Luciana Simon de Paula<br>    Jenipapo / Luciana Simon de Paula Leite. – 1. ed. – Curitiba: Appris, 2024.<br>    124 p. ; 21 cm.<br><br>        ISBN 978-65-250-6150-4<br><br><br>    1. Direitos Humanos. 2. Jenipapo. 3. Romance. I. Leite, Luciana Simon de Paula. II. Título.<br><br>                                                          CDD – 323 |

Editora e Livraria Appris Ltda.
Av. Manoel Ribas, 2265 – Mercês
Curitiba/PR – CEP: 80810-002
Tel. (41) 3156 - 4731
www.editoraappris.com.br

Printed in Brazil
Impresso no Brasil

Luciana Simon de Paula Leite

# JENIPAPO

**Appris** *editora*

Curitiba, PR
2024

## FICHA TÉCNICA

**EDITORIAL**
Augusto Coelho
Sara C. de Andrade Coelho

**COMITÊ EDITORIAL**
Ana El Achkar (UNIVERSO/RJ)
Andréa Barbosa Gouveia (UFPR)
Conrado Moreira Mendes (PUC-MG)
Eliete Correia dos Santos (UEPB)
Fabiano Santos (UERJ/IESP)
Francinete Fernandes de Sousa (UEPB)
Francisco Carlos Duarte (PUCPR)
Francisco de Assis (Fiam-Faam, SP, Brasil)
Jacques de Lima Ferreira (UP)
Juliana Reichert Assunção Tonelli (UEL)
Maria Aparecida Barbosa (USP)
Maria Helena Zamora (PUC-Rio)
Maria Margarida de Andrade (Umack)
Marilda Aparecida Behrens (PUCPR)
Marli Caetano
Roque Ismael da Costa Güllich (UFFS)
Toni Reis (UFPR)
Valdomiro de Oliveira (UFPR)
Valério Brusamolin (IFPR)

**SUPERVISOR DA PRODUÇÃO**
Renata Cristina Lopes Miccelli

**PRODUÇÃO EDITORIAL**
Bruna Holmen

**REVISÃO**
Marcela Vidal Machado

**DIAGRAMAÇÃO**
Amélia Lopes

**CAPA**
Eneo Lage

*Ao excepcional Giovanni Gallo (in memoriam)*

# PREFÁCIO

O arquipélago do Marajó apresenta um mosaico riquíssimo, tanto físico como cosmológico, em sua fauna, flora e nas diversificadas culturas. Como disse o saudoso Padre Giovanni Gallo, idealizador e fundador d'O Museu do Marajó: *"O Marajó é o paraíso para os fotógrafos e o inferno para o material fotográfico."* Podemos ampliar essa observação de Pe. Gallo, para dizer que, realmente, o Marajó é um verdadeiro paraíso para ser captado pelas lentes das câmeras e do observador mais atento, pela pluralidade de cores, formas, exemplares do reino animal, vegetal, metafísico e dos múltiplos tipos humanos. Um Éden, com cenários que ficam perfeitos para compor e emoldurar enredos de filmes, novelas, romances e aventuras fictícias e reais. Mas, também, pode ser um "inferno", não só para o material fotográfico pela umidade e as altas temperaturas que danificam os filmes e destroem todos os esforços de um apaixonado em registrar a magnitude da natureza marajoara. É o inferno devido à falta de infraestruturas básicas, de saneamento e de oportunidade de melhoria de vida para muitos. É o "inferno", pela falta de políticas públicas que assolam os mais necessitados e marca e fere como brasa a todos que nele sobrevivem.

É nesse Marajó, ou melhor, em um pedaço dele, que o romance *Jenipapo* está ambientado, nesse local de contrastes, ambiguidades e desafios. Onde o belo coexiste com a tristeza, os sonhos são confrontados com a realidade e a beleza das cores da lugar ao cinza das dores.

A Vila de Jenipapo, que dá o nome desta obra, está localizada no município de Santa Cruz do Arari, situada nas margens do lago Arari e do próprio rio Arari. Território que, originalmente, foi ocupado pelos povos indígenas das diferentes fases indígenas que habitaram essa região, como: fase Ananatuba, fase Mangueira, fase Acauã, fase Formiga, fase Marajoara e fase Aruã. Já no período imperial, mais exatamente em 1868 (século XIX), o então Imperador D. Pedro II, doou uma carta de sesmaria de Santo Inácio ao Alferes (patente de oficial abaixo de tenente, utilizada no período colonial do Brasil, que na atualidade foi substituída pela patente de 2.º Tenente) Plácido Pamplona, onde fundaram a fazenda de denominação Santa Cruz, que mais tarde deu origem à atual cidade. Mas só em 1961 o atual território de Santa Cruz do Arari conquistou a sua independência, ao se emancipar, política e administrativamente, dos territórios dos municípios de Ponta de Pedras e Chaves.

Compondo esse município e servindo como cenário/locação principal para esta obra, temos a Vila de Jenipapo, instalada às margens do rio Arari. Essa localidade teve origem como um acampamento provisório para os pescadores, que durante o período do verão forte, quando a terra fica estorricada e é dominada pelas terruadas (marcas deixadas no solo pelas pegadas dos animais enquanto a terra ainda está molhada, com lama, na transição do inverno para o verão e, com a terra ficando seca, também vão ficando as marcas duras), construíram as palafitas, estruturas precárias adaptadas para sobreviver, muito acima do nível das águas, à chegada do inverno, que dura de janeiro a junho, quando o que antes era terra seca, se transforma, com as águas invadindo e inundando os campos, cobrindo a vegetação, as terruadas e eliminando as fronteiras naturais que antes existiam entre as águas e a terra firme.

As águas, sem pedir permissão, unem a terra, o rio e o lago Arari, em uma imensidão de águas a perder de vista. É o rio virando mar. É nesse universo de contatos intrínsecos entre o mundo animal, vegetal, mineral e humano que a vila Jenipapo se se constitui e estrutura. Parafraseando o Padre Giovanni Gallo, bastante rememorado nesta obra, no Marajó quem manda não é nenhuma autoridade das esferas políticas municipais, estaduais ou federais, não são os grandes latifundiários, fazendeiros, "coronéis" ou qualquer poder em que é investido o homem. No Marajó, quem de fato da as ordens é a água! A água que determina a vida e a morte, a fartura e a miséria, o ir e vir, a hora do trabalho e do descanso, o isolamento e o contato. É a própria existência determinada pelas águas. Uma verdadeira ditadura das águas.

A autora Luciana Simon de Paula Leite, em *Jenipapo*, utilizou essa aquarela viva que é a vila de mesmo nome, por meio dos seus personagens que convivem no mesmo espaço coexistindo com Ana Laura – a protagonista – não só para contar histórias fictícias ou não, mas também para apresentar experiências e visões de mundo em relatos que se intercruzam de maneira ora harmônica, ora conflituosa. Dessa forma, em tom de denúncia das mazelas sentidas por cada indivíduo representado no texto, Luciana Simon mergulhou profundamente nos dilemas socioculturais e ambientais dessa terra, enfrentou com seus atores e atrizes os fantasmas que insistem em aterrorizar a sociedade marajoara. Pisou em lugares que muitos evitam frequentar, abriu feridas que muitos escondem e fingem não doer. Com suas palavras jogou luz nesse cenário e roteiro, rompeu a escuridão, deu voz – na verdade gritou – o que muitos deixam em silêncio, no ostracismo dos debates e ideias.

Em *Jenipapo*, a autora expõe, como ela mesma define, a estética da miséria, que desfigura e marca a carne e a alma de todos. Não uma estética que se limita a descrever corpos desnutridos, anêmicos, vestimentas puídas e desbotadas, casas precárias, dispensas vazias, esgoto a céu aberto, ruas, pontes, trapiches e toda a sorte de infraestrutura e materiais não adaptados para o deslocamento de pessoas, como de Ana Laura, uma jovem cadeirante, ou para a própria existência de forma digna de todos. Uma estética da miséria, que está na alma, que não pode ser descrita por meio de cores, formas, imagens e ou elementos concretos e palpáveis. A estética que acaba se externalizando nas aparências das estruturas físicas dos ambientes e dos corpos, mas, que é sentida de formas e intensidades diferentes por cada criança, adolescente e adulto. É a estética da miséria da dor, da fome, da incerteza e da insegurança no amanhã, do medo do outro ou da ausência, dos traumas que insistem em se manter respirando, do toque não consentido, da violência física, psicológica e sexual praticada no íntimo dos lares, não visualizadas e identificadas à primeira vista, que não deixa marcas aparentes aos olhares menos atentos. Que corta a carne por dentro, devasta a alma, desfigura a essência.

Em meio a esse cenário e roteiro um tanto bucólico, mas, ao mesmo tempo, preocupante, temos Ana Laura, uma jovem em um processo de autoconhecimento, que igualmente ao ambiente da Vila do Jenipapo onde vive, tem seus contrastes e realidades internas e externas diversas. Sonhadora, forte, feliz e inteligente, amada pelos seus, convive com as dificuldades e tristezas de estar presa a uma cadeira de rodas devido a uma tragédia que a deixou com marcas físicas e psicológicas profundas. Marcas que se somam aos olhares preconceituosos lançados sem nenhum pudor, por não conseguirem separá-la de sua cadeira, como se fosse uma coisa só. Como se o seu existir fosse um incômodo. Era, assim, diminuída – por terceiros – como cidadã, como ser humano, pelo ambiente sem infraestrutura de acessibilidade. Mas, mesmo com todas essas guerras internas e externas que sempre teve que enfrentar, Ana nunca desistiu ou deixou que os outros a definissem e a resumissem de forma simplória.

Paralelamente e transversalmente, as vivências e experiências, angústias e descobertas da protagonista, a menina Ana Laura, outros personagens, ou melhor, tipos humanos característicos da terra, com os seus usos e costumes, saberes e fazeres de um povo demonstram suas visões de mundo, as indignações com a realidade, muitas vezes, intransponíveis e amargas. Relatos com entonação acentuada de denúncia, que trazem à tona aquilo que está à frente, mas que muitos fingem não ver, escutar e sentir.

Impressões e constatações em diálogos destacando o racismo latente na sociedade, que vê o outro e sua existência de maneira inferior por causa de sua cor e origem. Os conflitos pela posse e uso da terra, dos rios, da natureza como um todo, entre fazendeiros e pescadores. A destruição do meio ambiente por ação de grandes empreendimentos que visam o lucro excessivo sobre tudo e todos. O alcoolismo que degrada, desestrutura famílias. A pedofilia que como ferro em brasa, deixa marcas eternas em crianças, que muito cedo conhecem o medo que lhes foi apresentado, justamente, por quem deveria lhes proteger contra tudo e todos.

A autora, Luciana Simon de Paula Leite, uma juíza de direito, com sua experiência relacionada às questões familiares e direitos humanos, nesta obra, com uma escrita acessível, fácil e calma, estruturou seu texto como uma verdadeira carta aberta, com mensagens, questionamentos e súplicas sobre temas e realidades inquietantes e perturbadoras de todo o Marajó e, do Brasil como um todo, que a Vila de Jenipapo serviu como cenário. O capacitismo, o racismo, os vícios e compulsões, os crimes ambientais e contra os corpos e existências humanas, os preconceitos diversos e a falta de infraestruturas observadas em diversas cidades do Marajó, assim como nas favelas, comunidades, periferias e lugares país a fora. São os elementos que em Jenipapo, costuram as histórias das Anas, Pedros, Paulas, Terezas, Zefas, Marias e Josés que narram, sentem e sofrem cada emoção.

O leitor, neste livro, será apresentado a um povo e uma terra que entre belezas e tristezas, vitórias e derrotas, angústias e conquistas conduz a vida de maneira corajosa e determinada, apesar das barreiras físicas e psicológicas impostas. Em outras palavras, *Jenipapo* é um retrato de muitos Brasis.

Diego Bragança de Moura

*Historiador e pesquisador das Histórias e Culturas Marajoaras*
*Cachoeira do Arari / Arquipélago do Marajó*

*O vento dos campos vinha dos outros campos, de outras luzes tranquilas e ignoradas, dos vaqueiros esquecidos, dos lagos mortos, dos horizontes que queria ter no seu destino.*

*(Dalcídio Jurandir, trecho de* Chove nos campos de Cachoeira, *1941, 8.ª edição)*

# SUMÁRIO

CAPÍTULO 1 .................................................................15

CAPÍTULO 2 .................................................................20

CAPÍTULO 3 .................................................................26

CAPÍTULO 4 .................................................................33

CAPÍTULO 5 .................................................................39

CAPÍTULO 6 .................................................................45

CAPÍTULO 7 .................................................................50

CAPÍTULO 8 .................................................................55

CAPÍTULO 9 .................................................................59

CAPÍTULO 10 ...............................................................65

CAPÍTULO 11 ...............................................................70

CAPÍTULO 12 ...............................................................75

CAPÍTULO 13 ...............................................................81

CAPÍTULO 14 ...............................................................86

CAPÍTULO 15 ...............................................................90

CAPÍTULO 16 ...............................................................95

CAPÍTULO 17 .............................................................102

CAPÍTULO 18 .............................................................108

CAPÍTULO 19 .............................................................114

CAPÍTULO 20 .............................................................119

# CAPÍTULO 1

*Quem eu sou? Meu nome é Ana Laura Monteiro da Silva. Tenho 17 anos, quase 18 na verdade. Estou escrevendo para mim mesma por causa da professora Dulciléia, que ensina gramática e literatura. Estou no último ano do ensino médio e não pretendo tentar vaga em universidade. Não posso. Sou cadeirante e moro com minha avó viúva em Santa Cruz do Arari, no Marajó. Minha tia Amália, a quem chamo de Lala desde pequena, minha segunda mãe, mora a duas casas da nossa, na Rua Silvério Alencar. Estou escrevendo isto porque a professora recomendou que eu assim fizesse para me descobrir, segundo ela, porque necessito de auto-conhecimento para saber o que quero fazer, o que independe do fato de eu ter deficiência física.*

Absorta em seus pensamentos, Ana Laura escrevia no caderno espiral cuja capa exibia uma reprodução impressa de fotografia de buquê de flores campestres coloridas. Quando tinha não mais de 5 anos, o veículo dirigido por seu pai, Adalberto, o qual se encontrava na rodovia Bernardo Sayão e trafegava no sentido Belém – Açailândia, no Maranhão, colidiu contra um caminhão que desviou para a faixa em que transitava o carro da família, mediante choque frontal. Os pais de Ana Laura morreram na hora. A pequena desmaiou, estava atada por cinto de segurança a assento adaptado. O forte impacto lesionou sua medula espinhal e Ana Laura, após muitos dias internada em hospital em Belém, para o qual foi removida, recebeu alta médica. Estava paraplégica e inexistiam esperanças de cura. Saiu em cadeira de rodas e foi morar com a avó materna, numa cidade distante no Marajó, à beira do lago Arari.

*Agora está chovendo muito, pois já estamos no inverno, mês de janeiro é sempre assim* – prosseguiu na narrativa. *Os trovões não me assustam mais. Quando vim morar com vó Nena, eu perdia o sono nessa época, em especial, por causa das tempestades. O som dos trovões e os clarões dos raios colocando em evidência as cortinas transparentes da janela, com forro, as quais transmutavam do gelo pálido para uma cor azulada fantasmagórica e quase neon, eram terríveis. Eu acordava de súbito e sentia muito medo de estar sozinha no mundo. De algum modo isso me remetia à noite do acidente, embora eu na verdade não me lembre bem dos detalhes, faz muito tempo...* São imagens borradas na memória. Mas a lembrança de acordar, chamar por minha mãe e me deparar com minha avó e tia com os olhos marejados de lágrimas, ambas me observando, eu acho que nunca irei esquecer. Teremos meses de muita chuva, após o intenso calor do verão. Nele o lago quase foi reduzido a uma poça, o rio Arari baixou ao ponto de seu leito virar estrada e a seca foi devastadora no ano que passou. Muitos animais sucumbiram, faltaram alimentos e água para vender no comércio e ouvi de várias pessoas que o povo estava passando literalmente fome. Aqui conseguimos suprir bem nossas necessidades por causa do tio Abelardo, marido da tia Lala, ele trabalha em Cachoeira do Arari e nos trouxe mantimentos. Minha avó recebe a pensão por morte de meu avô, que não cheguei a conhecer porque era um bebê quando ele faleceu em consequência de um ataque cardíaco. Seu nome era Jesuíno Monteiro. Trabalhou muitos anos como prático concursado pela marinha em embarcações na *Região Amazônica. Na cidade, os melhores salários são dos funcionários públicos, dos aposentados e comerciantes. Os auxílios governamentais ajudam alguns, mas a maioria da população luta diariamente para fazer ao menos uma refeição, diversas pessoas pescando no lago Arari ou saindo de casquinho, canoa ou, para quem pode, voadeira, que tem motor, rumo ao rio Anajás Grande. Mas com tudo seco e as roças minguando desidratadas, teve gente que sobreviveu, acredito eu, por real milagre de Nossa Senhora de Nazaré, além de alguns donativos, já que a caça também estava rara – e somente era possível adentrando as áreas das grandes fazendas, pois toda a terra tem dono, comportamento bastante arriscado. Voltando à chuva, hoje eu posso dizer que gosto da sensação úmida e fresca do ar entrando nas minhas narinas. É também muito agradável sentir o cheiro de madeira queimada no fim do dia, que chega pela janela entreaberta, fluindo de outros quintais onde há gente que ainda usa fogão à lenha para cozinhar. Aqui na cidade é muito comum isso. Temos algumas ruas aterradas, contudo muita gente vive como o fazia antigamente, especialmente nas fazendas onde são criados búfalos, nas moradias existentes nos terrenos alagadiços. As casas grandes podem ser vistas até mesmo quando se navega pelo rio já que a maioria das construções dos chalés de madeira sobre a água ou próximo dela possuem alta estatura e se equilibram os chalés sobre palafitas fincadas no solo, certamente para não seguirem com o fluxo da correnteza do rio na ocasião das cheias, como se fossem verdadeiras pernas. Sobrevivem ao tempo desbotadas, tristes, entranhadas nas profundezas do solo que não querem abandonar por nada. Nem ninguém.*

— Aninha, daqui a uns quinze minutos vou servir o jantar, tá? Não venho de novo, trate de deixar aí suas lições de casa, não é hora de estudar!

Nena fechou a porta e deu um meio sorriso. Não se aguentava quando tentava ser rígida com a amada neta, pois esse papel era demasiadamente mal desempenhado por ela. Felizmente, não precisava ser atriz para sobreviver a essa altura da vida.

*Ai, minha avó veio me chamar para jantar, preciso ir... Estou por acaso fugindo para não dizer quem eu sou? Fugindo de mim mesma neste papel? Hum. Acho que talvez um pouco, sim. Acredito que a professora me sugeriu este exercício porque* não se conforma com minha recusa em prestar o *Enem. Ela sempre me disse que sou excelente aluna, que daria uma ótima professora. Mas eu não sei se aguento. Não posso dizer isso a ela, vou passar por medrosa, covarde ou alguém vai pensar, ao saber, que desejo fazer o papel de vítima por minha condição física. Mas como seria possível simplesmente abstrair todos os meus difíceis anos na escola? Moro em cidade pequena, todos se conhecem. Não fui judiada, agredida ou humilhada de modo flagrante. Mas fui ignorada por todos. De colegas de classe a professores. Estes me davam notas altas mesmo quando eu errava alguma resposta nas provas, por exemplo. Sempre me preocupei em corrigir as provas quando os resultados eram apresentados. E mais de uma vez percebi esse comportamento. É como se eles me falassem: sua vida é penosa, você não tem chances, então vamos aprová-la com boa nota, assim você fica feliz! Nunca aceitei isso. Não preciso de pena ou prêmio de consolação. Protestei e não foi em única ocasião. O máximo que consegui foi a exclusão silenciosa de um ponto ou dois nas minhas notas. As meninas e os meninos me olhavam com dó e pareciam sempre constrangidos, incomodados mesmo como se não soubessem como falar comigo, como se eu não fosse capaz de compreender, de participar, interagir. Como se não possuísse capacidade cognitiva. "Ah, ela não pode se levantar...", "Ah, ela não pode dançar com a gente ou participar da competição esportiva..." e por aí seguia. Minha única amiga de escola é a Tereza, cuja família é do quilombo Gurupá, situado em Cachoeira do Arari. Ela mora com uma tia-avó aqui em Santa Cruz, veio para cursar o ensino médio, pois a família está envolvida em movimento que objetiva a preservação do território quilombola, possuindo divergências com fazendeiros e posseiros. Acharam mais seguro a menina vir para cá. Digo menina porque já estamos juntas há muitos anos. Ela é uma ótima amiga. E como eu, sempre foi tratada com indiferença. No fim, sentimos coisas muito parecidas. Agora preciso fechar o caderno antes que minha vozinha fique irritada de verdade comigo. Ela capricha tanto em tudo o que faz para mim que não posso desapontá-la.*

E assim Ana Laura fechou o caderno, manobrou com ambas as mãos a cadeira de rodas em marcha à ré, fez uma curva para a frente e saiu do quarto. A porta com maçaneta adaptada tinha um cordão para que o trinco fosse puxado, assim ganhava mais privacidade. Não estranhava a cadeira, que era o seu instrumento de locomoção. Felizmente a possuía, por certo muita gente com deficiência não tinha a mesma condição financeira para tanto. O que lhe causava verdadeiro impacto consistia no fato das outras pessoas a olharem como se não fosse um ser vivo, capaz, vibrante, apto a existir no mundo e participar dele quer dialogando, quer interagindo com os outros, quer sorrindo e, por fim, amando. É como se ela houvesse sido excluída de todas as possibilidades única e exclusivamente por uma deficiência de natureza física. E talvez fosse nesse ponto que sua professora, a quem estimava bastante, pediu-lhe para tentar elucidar para si mesma quem ela seria. E o que desejava, quais os caminhos que poderia trilhar. Viver escondida como uma penitente? Como se houvesse errado tremendamente e necessitasse cumprir uma sanção irrevogável? Como se houvesse algum motivo para sentir vergonha de si? Ou se escolher, amando-se em primeiro lugar e buscando seu espaço de fala, de existência, de realização? E onde estaria tudo isso? Eram muitas questões. Mas de uma coisa Ana Laura sabia: a vida era um bem precioso demais para ser desperdiçado. Ela precisava valer a pena. Perdera seus pais de modo repentino e estúpido. Desavisadamente. Então, se tudo podia mudar assim, quase que instantaneamente, era indispensável valorizar cada momento.

# CAPÍTULO 2

Na Vila de Jenipapo todo mundo a conhece como dona Déia. Aliás, ali sobre as palafitas afogadas na água, a qual não para de subir na estação das chuvas, em território do rio Arari, quase a população inteira atende por apelidos. E ainda há aqueles que apresentam pseudônimos, como no caso da Maria Carpideira, que nem Maria é, mas em se tratando de uma senhora muito chorosa e afeita a lamúrias, a denominação se ajustou com perfeição. Déia trabalha no postinho da vila como auxiliar de enfermagem. Seu esposo, Pedro Luís, é proprietário de um modesto estabelecimento comercial de venda de produtos para pesca em Jenipapo, além de possuir armazém em Santa Cruz do Arari. Como Déia é filha de pescador, nascida e criada na vila, mesmo tendo a opção de residir em Santa Cruz e custeando o casal os estudos dos filhos na capital do estado, ambos escolheram morar em Jenipapo próximo à família dela e junto ao povo tão necessitado de todo o auxílio possível que pudessem ofertar. A oportunidade de cuidar da população, muitas vezes ultrapassando o limite do cansaço, para Déia, é sua maior missão de vida. Nada é capaz de dar-lhe maior satisfação do que os sorrisos das crianças bem alimentadas, assistindo quietas ao filme que costuma projetar sobre um lençol esticado entre os pilares das casas na época do verão, quando o rio desaparece e toda a amplidão se resume ao quintal da molecada. Mas Déia estava muito preocupada. No café da tarde, após sorver um bom gole de café com leite da xícara de porcelana rosa, ao olhá-la o marido não pôde deixar de perguntar-lhe:

— Que foi, Déia? Esse seu jeito não está bom hein, aconteceu algo grave? Te conheço, nem me beijou quando eu cheguei.

— Ah, estou te deixando muito mal-acostumado, né? Então tenho que te beijar toda hora? Tenha paciência, estamos casados há mais de vinte anos!

Pedro riu.

— Calma, você entendeu... Pode falar, querida, estou te ouvindo.

— Ai, Pedro, você sabe, estou acostumada com os casos de abuso sexual contra crianças aqui na vila. É muito comum especialmente pelas próprias famílias, levam com naturalidade até, algo terrível. Mas aconteceu de me comunicarem (a tia da menina, que tem 10 anos) uma suspeita de venda da criança para fins sexuais, foi o que consegui compreender. O pai da criança é alcoólatra, não pesca nem quando os peixes se concentram no lago Arari. A mãe não tem emprego e recebe auxílio governamental. São, portanto, assistidos, mas tudo falta no chalé, são muitas bocas para alimentar! A tia da criança veio falar comigo reservadamente, pediu-me para não fazer alarde, tem medo da reação do pai da menina, que é violento. Não quer confusão com a própria irmã. Eu sei que preciso denunciar para Conselho Tutelar ou autoridade. O ponto é: o que vai acontecer com essa criança? Não temos abrigo aqui, a falta de estrutura implicará mudança da menina para, na melhor das hipóteses, a cidade de Santa Cruz. Tenho receio do futuro, do afastamento familiar e extinção dos vínculos. Não estou justificando nada. Mas você sabe muito bem da pobreza extrema do povo de Jenipapo. Não somente ausência de alimentos e de água potável. Sim, temos que comprar galões de água para beber. Quem não tem dinheiro, ingere água poluída, do rio mesmo. A que aqui chega, já vem suja. A energia recebemos, mas precisamos de equipamentos movidos a diesel para obtê-la. Não temos saneamento básico, os dejetos vão para o rio diretamente e voltam com o movimento das águas. Micro-organismos se proliferam, doenças simples que já deveriam ter sido debeladas aqui são mortais porque não temos cuidados elementares de higiene, não há salubridade mínima. Fora a dificuldade de os médicos permanecerem na vila, ninguém quer pela distância e deficiências estruturais, optam por atender apenas meio período. Mas e para as situações sérias, as urgências, como fazemos? Você conhece muito bem como é bravio o lago Arari no inverno ou próximo a ele, quando as águas estão profundas e o tempo fecha. As correntezas, a influência marinha e climática, chuvas constantes, tudo dificulta o transporte. Você mesmo fica dias em Santa Cruz e eu entendo, até prefiro do que te ver se arriscando todos os dias no trajeto. Mas ainda assim, já ouvi muitos casos de crianças que perderam o contato com seus familiares nessas situações de violência sexual. Acaba que, dependendo da idade e dos traços raciais, elas não são adotadas e crescem sozinhas em abrigos distantes. Então, tenho que pensar bem nisso tudo. É a miséria que desespera as pessoas. E na miséria o vício e o erro se deliciam!

— Eu entendo e realmente, não tenho uma resposta para te dar. Sim, sabemos, você terá que denunciar essa história, grave demais. Não dá para se calar. Mas talvez fosse interessante conversar com essa tia da menina para saber se um outro familiar que more aqui na vila teria o desejo de ficar com a criança, cuidar dela provisoriamente como deve ser, mandando para escola, acompanhando, prestando cuidados indispensáveis, defendendo de agressões, dando atenção etc. Eu sei, é complicado, mas precisa ser tentado. Com o tempo, quem sabe a mãe se reerga e proteja a filha. Enfim, temos que ter esperança. Puxa, por falar nesse assunto, o Zé Honório da padaria em Santa Cruz... sabe quem é? Me contou a respeito de uma notícia que ele leu no jornal, muito triste...

— Querido, não aguento mais, juro! Prefiro nem ouvir, estou farta de tantas dificuldades e pouquíssimos meios para enfrentar a áspera realidade do dia a dia onde falta apenas tudo de essencial para essas pessoas...

— Acho importante, Dé, tem a ver com esse assunto...

— Tudo bem, então. Conta, vai, estou ouvindo...

— Pois é, sempre ouvimos comentários sobre a prostituição infantil, violência sexual na ilha, onde a miséria dá espaço a esses infortúnios. Mas parece que realmente as autoridades estão apurando denúncias de redes de prostituição infantil em Breves,

JENIPAPO

Portel, Melgaço, inclusive esquemas de sequestro de menores de idade para tráfico internacional com objetivo de exploração sexual para a Guiana Francesa e Europa, com apontamento até mesmo da participação de pessoas influentes. As balseiras, já sabemos, mas a coisa vai muito além ao ponto de haver organizações, indivíduos que exploram sistematicamente essas meninas, ameaçando-as, agredindo-as e às respectivas famílias!

— Terrível! Fico revoltada! É certo que aqui também isso se verifica. As meninas chamadas de balseiras seguem as embarcações carregadas com os parcos produtos que conseguem levar para tentar vender aos passageiros, vão em canoas. Quando chegam, são assediadas, recebem propostas de favores sexuais em troca de dinheiro ou mesmo de víveres e produtos primordiais para suas famílias, como óleo diesel para obtenção de energia elétrica. Às vezes, é um pacote de bolachas, noutras, uma embalagem com óleo de cozinha... como o ciclo da miséria se reproduz, não é raro que parentes dessas garotas, como mães e avós, tenham exercido a mesma atividade no passado com o objetivo de sobrevivência, nada além. E precisam ser úteis para suas famílias, muitas vezes lutando pelo alimento a ser ingerido no mesmo dia! São incentivadas culturalmente a agir desse modo, normalizando a violência sexual como um fato imprescindível e integrante da existência de todas, além de representarem as tais "carícias" meios de acesso a eventuais candidatos a futuros maridos que, responsabilizando-se pelas mesmas, findarão por tirá-las da miséria, ofertando-lhes condições mais dignas de vida e até ajudando suas famílias de origem, o que no mais das vezes é pura fantasia, nós sabemos. Mas quando recebo essas famílias no postinho e vejo a feição da fome em seus rostos eu não me sinto confortável para condenar quem quer que seja. Para você eu posso dizer. A fome é dolorosa, adoece não somente os corpos, mas as almas também, já que aqueles que passam por experiências de insuficiência alimentar inegavelmente ficam traumatizados. Você se lembra do Josimar Antonio, que todo mundo chamava de Bilro Novo?

O que se seguiu foi a gargalhada estrondosa do marido.

— Claro! Como eu poderia não me lembrar daquele nanico todo arrumadinho com gel no cabelo, banhado por colônia com cheiro de capim-limão, metido a besta por que conseguiu um dinheirinho trabalhando como auxiliar de contabilidade em escritório na cidade de Belém? Inesquecível aquele sujeito!

Déia sorriu, mas controlando-se, ficou compenetrada.

— Então, pronto, ele! Você sabia que o Bilro se casou com a Janaína, filha da Claudete do Amador?

— Aquela menina bonita parecida com índia cujo aniversário de quinze anos foi celebrado lá na cidade de Santa Cruz? Lembro, sim!

— Isso mesmo! Ela se casou com o Bilro Novo. Contou para a mãe que o marido é muito sovina. Miserável mesmo, dá mais valor ao dinheiro do que às pessoas! Economiza com tudo ainda que sem necessidade. Fica nervoso quando precisa gastar com algo, parece que o estão torturando! E para piorar, a moça está grávida e não trabalha fora, depende do dinheiro do marido para absolutamente tudo! Chega a ser patológico, percebe? Raciocina como se precisasse economizar moedas com alimentação rotineira, tudo para ele é caro demais mesmo quando o fato é previsível, por exemplo, quando viaja para um lugar turístico ou em épocas festivas, como Dia dos Pais, das Mães, Natal, quando o comércio fica aquecido com as vendas. Parece que ele não saiu daqui, daquela miséria que experimentava, lembra quando era criança? Vivia doentinho, um menino mirrado, sempre com o nariz sujo e os olhos profundos de fome. Os reflexos do sofrimento atingem vidas de modo permanente, é muito grave. E no mais das vezes, não há possibilidade de superação desses danos psicológicos.

Pedro Luís, com ar sério, finalizou o diálogo:

— Bom, minha nega, como quase sempre você está certa! Quase. Não fique metida, tá bom? É trauma, sim, não é natural essa relação com dinheiro, esse apego exagerado ao custo especialmente quando se tem condições de gastar ou quando é previsível a necessidade de se realizar maior despesa, como numa comemoração. Abuso sexual de crianças e adolescentes de modo lastimável é constante em nosso país, em todas as regiões. Mas o que para mim salta aos olhos é a carência material extrema no Marajó. Em 2021, o IBGE apurou que o nosso estado está em 23º lugar no ranking de IDH, o pior índice em 27º lugar seria do Maranhão, ao que parece. O IDH é o índice de desenvolvimento humano, compara indicadores de países nos itens riqueza, alfabetização, educação, esperança de vida, natalidade e outros com o fim de avaliar bem-estar das pessoas, em particular crianças. E o Norte e Nordeste possuem infelizmente os piores índices! Precisamos com urgência que essas crianças e adolescentes sejam favorecidos por intermédio do implemento de políticas públicas. Apenas isso. Saber, todo mundo sabe!

Cansados de refletir sobre a dura realidade que não podiam sozinhos alterar, sentaram-se de mãos dadas no sofá para assistirem à televisão na esperança de alguma distração que amenizasse aquela sensação de profunda impotência.

# CAPÍTULO 3

Manhã de Sol, finalmente, embora encoberto o firmamento após as chuvas torrenciais. Uma trégua. Ana Laura abriu a janela de madeira pintada de branco empurrando-a com ambos os braços para fora e aspirou profundamente o ar fresco, sentindo o vento suave onde se adivinhava o odor salgado do oceano. Queria aproveitar o tempo bom para sair de casa, esquecer o dever de encontrar-se consigo numa redação forçada e passear um pouco na rua. Sabia que a avó iria ralhar, muito barro e ela com a dificuldade em movimentar as rodas com as mãos, mas podia pedir para a Paulinha, filha da vizinha, ajudá-la empurrando a cadeira. Era uma menina muito doce de 13 anos que adorava fazer companhia a Ana Laura. Esta até mesmo desconfiava que a tratava como seu bebê e, embora não gostasse do papel invertido, já que era mais velha, não podia deixar de apreciar a companhia da gentil e sempre disposta garota.

Muito cedo em sua vida ouviu da avó Nena não uma, mas incontáveis vezes, que Ana Laura não era autossuficiente. E estava tudo bem. Possuía uma deficiência física que implicava a necessidade de auxílio das outras pessoas. Não havia vergonha nisso. Vó Nena comentava que era um absurdo essa mentalidade individualista e atual que as pessoas se bastam, que precisam ser perfeitas em tudo, que o que importa é ter muito dinheiro, fama, aparecer demais, enfim, tudo ao extremo. Segundo ela, isso não era vida de verdade. Era o contrário, uma mentira. Todo mundo precisa do outro para ter saúde, seja física, seja emocionalmente.

Embora entendesse a intenção da avó, a qual queria fortalecê-la para enfrentar a existência por si só – Nena sempre alardeava que não era eterna, o que a fazia estremecer por dentro, não queria nem imaginar perdê-la –, achava confortável, para quem consegue realizar todas as atividades rotineiras sem ajuda de outras pessoas, gabar-se de autonomia. Ela movimentava braços e mãos, tinha coordenação motora razoável, mas um tremor constante nas mãos fazia com que sua letra fosse tremida, embora legível. Quanto às necessidades físicas e autocuidados, conseguia ir sozinha à toalete, banhar-se e vestir-se, mas abrir e fechar portas, virar a cadeira em espaços diminutos era algo penoso se o fizesse sozinha. Nada era adaptado, nem pias de banheiros, nem vasos sanitários sem barras de apoio, tampouco pisos que se mostravam escorregadios, escadas estreitas, inexistindo rampas. Muitas ruas na cidade não eram pavimentadas, considerando-se a área aterrada. Andar sozinha sobre rampas de madeira que conectavam as casas, nas áreas periodicamente alagadas, era impensável. Necessitava de ajuda e nem todo lugar era passível de tráfego com cadeira de rodas, faltando, portanto, acessibilidade. Sabia que precisava ter humildade e se adaptar ao contexto de sua realidade. Não adiantava ver e ouvir na televisão sobre cidades grandes do Sudeste e Sul, quanto a obras para movimentação de pessoas com deficiência em locais públicos. Sua cidade era pequena, o orçamento da prefeitura por certo não era expressivo e poucas pessoas com deficiência saíam de suas casas. A família não estimulava, não tinham companhia ou mesmo ficavam envergonhadas por não serem "adequadas". Novamente o tal mito da perfeição. Ana Laura somente não havia se restringido à mera espectadora da passagem dos anos em decorrência de tia Lala e de sua avó. Foi criada para ser uma mulher forte e para experenciar projetos de vida. Precisava descobri-los. E passar pela escola, onde logrou êxito em fazer uma única amiga, sendo ignorada pelos demais colegas, em especial, foi algo que lhe impactou.

Fisicamente, Ana Laura jamais se achou bonita. Mas sempre foi bela. Sua tez de tonalidade clara foi herança da família materna, conformada por descendentes de portugueses radicados na Região Norte do país, vulgarmente chamados de galegos. Os cabelos negros, com fios grossos lisos e volumosos, usualmente permanecem soltos, na altura inferior aos ombros. Suas sobrancelhas, da mesma cor, emolduram os olhos grandes um pouco puxados, castanhos, cujo formato reporta-se aos povos originários. Seu rosto se desenvolve de maneira angulosa, delicada, o nariz comprido e bem-feito, a boca carnuda, mas não excessivamente grande, bem esculpida. O queixo ameno e as faces um pouco rosadas em decorrência do calor constante da região completam o conjunto harmônico, impactado apenas pelo largo e alvo sorriso.

Chamou Paulinha com um grito a e outra respondeu sem titubear.

— Oi! Vamos, sim, já passo aí para te levar. Só vou colocar uma blusa, tá?

Paciência. Paulinha era uma menina boazinha. Ela não podia negar essa característica e precisava urgentemente de um pouco de liberdade. Nem que fosse apenas para ficar olhando o lago Arari, as garças brancas, o movimento das ondas que se formavam em profusão. Aquilo já lhe fazia um tremendo bem, a força da natureza por todos os lados.

Tencionava passar na rua do comércio, ver a lojinha de roupas da Ercília, próximo à praça. Sempre existiam adereços, camisetas, brincos coloridos, presilhas de cabelo, itens de baixo custo que adorava olhar. O prazer não estava em adquirir objetos, mas em vê-los e, eventualmente, experimentar algo, olhando-se no espelho. Ana Laura tinha alguma vaidade, embora não houvesse exagero a propósito.

Foram pela rua, apenas uma quadra até a praça central, Paulinha um tanto esquisita, vestindo uma camiseta regata amarela com batom rosa choque nos lábios, mas não iria dar palpite, era melhor que se achasse bonita e plena daquele jeito, como ela costumava dizer, aliás.

Era sempre estranho para Ana Laura quando cruzavam com pessoas no caminho e elas não a encaravam. Era nítido o desvio de olhares, rostos por vezes assumindo expressões penalizadas, constrangidas até. Mas por qual motivo as pessoas teriam vergonha em vê-la? O que havia de tão errado em Ana Laura ter deficiência física se qualquer indivíduo poderia estar sujeito a isso por um motivo até mesmo banal, como um acidente doméstico, a queda num piso molhado após um banho, em casa? Apenas sabia que tinha que enfrentar aquilo de cabeça erguida. Não podia se incomodar por existir. Era merecedora de afeto e tinha o direito de participar da vida em sociedade. Mas que lhe doía no fundo da alma não havia como negar.

Paulinha, falando compulsivamente, contava que havia visto uma blusinha linda no salão de beleza da prima da sua mãe, situado na garagem da casa da moça, no estilo miniblusa, com a barriga aparecendo, porém não era decotada. E o tecido tinha um pouco de brilho. Ela adorava brilho.

— Vamos ver, Paulinha, se a gente acha algo parecido. Não custa tentar, né?

Atravessaram a rua e adentraram uma loja de tamanho médio com abertura total para a rua. Muitas roupas e tecidos pendurados, cangas, adereços, uma profusão de vestimentas. Havia para todos os gostos e tamanhos, inclusive infantis.

No fundo da loja, atrás de um balcão de madeira na cor mel, um olhar chamou sua atenção. Ele se dirigia diretamente a ela, Ana Laura. O dono do olhar consistia num rapaz de cerca de 1,80 cm, pele morena clara, cabelos escuros bem cortados, um pouco encaracolados. Sobrancelhas negras, grossas. Nariz reto e um pouco arredondado nas laterais, sem ser exagerado. Boca de tamanho mediano, lábios entre finos e grossos, bem traçados. Era Daniel. Quase não teve tempo de piscar e o rapaz mais do que depressa se postou ao seu lado, olhando-a nitidamente encantado.

— Oi, moça, posso te ajudar? Você ficará linda com qualquer coisa aqui da loja!

De repente, Ana Laura, a qual jamais havia visto aquele garoto na vida, sentiu-se desnuda na frente de todo mundo. Um calor subiu-lhe às faces e ela corou. Nada mais constrangedor! Ficou séria.

— Eu gostaria de olhar umas miniblusas para minha amiga, você tem alguma com brilho?

Paulinha parecia hipnotizada pelo rapaz. Quieta e olhando diretamente para ele.

— Claro, já vou pegar. Chegaram umas bem bacanas, mas acho que você vai ficar melhor nelas!

Saiu dando uma piscadinha com o olho direito.

Mas que moleque abusado! Ana Laura não pôde pensar em nada diferente.

— Olha que lindo esse menino, Lá! Você viu o jeito que ele olhou para você? Parecia enfeitiçado, nossa! Uau, se ele olhasse para mim dessa maneira eu não perderia tempo, convidava para tomar sorvete no seu Nizo!

— Ah, Paulinha, não viaja na maionese. Ele só foi educado e quer vender produtos. Lembre-se de que estamos aqui porque você quer uma miniblusa brilhante...

— Ai, tá bom, vai. Não posso nem brincar que já vem bronca, eu hein...

E riu, toda faceira.

Passados não mais do que três minutos o rapaz voltou animadíssimo com uma pilha de miniblusas e um potinho de vidro transparente, contendo cartelas brancas exibindo pares de brincos em pedraria.

— Olhe, trouxe essas blusinhas. Estão acabando muito rápido, o preço está ótimo, só vinte reais! E tem dourado no fio, fica justo e bem bonito!

Paulinha ficou fascinada por duas blusas, uma vermelha e outra verde-escuro.

— Ah, não sei o que decidir, elas são lindas! Você dá um descontinho para eu levar ambas? Sete reais, o que acha?

O garoto, esperto que era, riu da menina. Sete reais era demais.

— Não consigo, infelizmente. Essa mercadoria é de ótima qualidade, vai ficar perfeita mesmo depois de lavar! Mas posso tirar três reais do total se você levar as duas, não dá mais, meu pai me mata!

Ana Laura observou que de fato ele era bem bonito e tinha lábia.

Paulinha suspirou, vencida.

— Ai, tá legal. Melhor do que nada né? Lá se vai minha mesada. Vou levar. Embrulha, por favor!

Voltando-se para Ana Laura, o rapaz perguntou, mirando seus amplos olhos amendoados:

— E você, moça linda, não quer levar nada?

Entre irritada e corada, desejando desaparecer num buraco virtual que pudesse surgir do nada e tragá-la, respondeu secamente:

— Não. Já disse.

— Pois não tem o menor problema, você embelezou nossa loja hoje e só por isso vou te dar de brinde um par de brincos sem pingentes de rosas com pedras vermelhas, combina muito com você. E quero te ver de novo, pode ser?

Ana Laura não soube o que falar. Jamais imaginaria uma atitude daquela. Além de conversar consigo, mirando-a com intensidade, o rapaz ainda queria encontrá-la? Aquilo nunca havia acontecido. Era estranho. Mas era bom.

— Hum, não sei... Preciso... preciso... perguntar para minha avó...

Paulinha não pestanejou.

— Pode sim, claro! Vou colocar num papel o endereço da minha casa, amanhã às 17h espero você para merendar com a gente. É domingo, a loja fecha, então não tem desculpa! A moça bonita se chama Ana Laura, é minha vizinha e pode ter certeza de que vai estar lá também. Somos inseparáveis, sabia? E quero um par de brincos de brinde, mas o de bichinhos!

Ana Laura não sabia onde se esconder. Aquilo já era demais. Contudo, como havia sido surpreendida, não conseguiu reagir. Permaneceu muda.

— Claro! Ah, e pode escolher sim um par de brincos de bichinhos, desculpe não ter falado nada antes... Está combinado, nos vemos então!

Empurrada por Paulinha, Ana Laura saiu da loja entre envergonhada e possessa. Paulinha era demais. Mas que menina terrível! Não podia ser mal-educada com o rapaz, ele foi delicado com ambas, todavia o que ele poderia querer com ela? Muito esquisito!

Paulinha, como adivinhando os pensamentos da amiga, falou convictamente:

— Pode tirar essa marra, o garoto é lindo e está louco por você. Só você não se enxerga no espelho, né, Lá? Eu, no seu lugar, não perderia tempo e namoraria logo, a vida passa rápido e estamos ficando velhas!

Velha foi demais. Ela ainda tinha 17 e a destrambelhada da Paulinha, 13 anos. Nem podia imaginar o que o futuro reservaria a essa menina.

# CAPÍTULO 4

Genésio estava em estado de quase prostração. Encontravam-se no período do defeso e não podia pescar, apenas sendo-lhe lícito fazê-lo para a própria subsistência. Na época das chuvas, os peixes vão para os descampados alagados para a desova, nos meandros das fazendas onde os pescadores não podem sequer entrar, restando apenas peixes sem valor comercial nos rios e lago. Caso pegasse algum, seria tão somente para sua alimentação e dos familiares; se conseguisse mais de um peixe, iria salgá-lo para preservar o alimento. Mesmo após findo o período de pesca proibida, já estava bastante difícil conseguir o necessário ao sustento com a venda do produto, pois os pescadores precisavam competir com profissionais de fora que adentravam a área do lago Arari em lanchas, utilizando redes.

Tendo nascido e se criado na vila de Jenipapo, repetia como pescador artesanal os passos do pai, José. A diferença é que na época do último havia uma profusão de peixes no lago e arredores. Com o passar dos anos, gradativamente o peixe estava diminuindo em toda a região do lago Arari.

Não era contrário à proibição da pesca de espécies nativas no período da piracema. Esse era um fato da vida e após muito trabalho e burocracia, com a ajuda de Rômulo, chefe dos pescadores na vila (cargo informal já que não possuíam cooperativa), havia conseguido o benefício previdenciário do seguro-defeso, que iria realmente auxiliar no sustento de sua família no lapso em que não lhe era permitido praticar a atividade pesqueira. Porém, Genésio era um dos poucos que conseguira tal benesse. Muitos pescadores não tiveram esse sucesso quer por absoluta falta de documentação básica e contribuições pagas, quer por dissiparem os reduzidos ganhos com bebida alcoólica entre outros vícios, desorganizando-se de forma profunda. A pesca comercial do tamoatá era autorizada de maio a dezembro, no período da seca, porém os pescadores de Jenipapo, coordenados por Rômulo, costumavam concentrar as atividades pesqueiras de junho a dezembro, vendendo os peixes às geleiras, nada além de embarcações cujos ocupantes adquiriam o pescado para vendê-lo nas cidades, posteriormente, por preços que lhes fossem interessantes.

Sempre preferiu pescar de julho a agosto no lago Arari, melhor fase no período da seca para encontrar os peixes mais graúdos e valorizados pela qualidade da carne e sabor. Mas com tantas variações no clima, extensão de períodos de chuvas, calor acentuado no verão e mais outras coisas que Reginaldo do Furo dos Macacos, perto de Santa Maria, havia lhe contado, estava vendo a hora que nem pescador mais poderia ser. A natureza a olhos vistos estava minguando. E ainda havia a dificuldade de pescar nos meses finais do ano, especialmente outubro e novembro. Em virtude da redução de volume de água do lago, faltando peixes, precisavam se deslocar para os lagos e campos das fazendas, nos poços, igarapés, inclusive. Isso era trabalhoso, cansativo e bastante dispendioso, pois todos os pescadores eram compelidos a firmar com proprietários das áreas contratos de arrendamento para a pesca. Os donos do território ficavam com metade da produção, qualquer que ela fosse, nem sempre fornecendo materiais a serem utilizados na empreitada, tais como redes, canoas e cascos. Torcia para o tempo passar mais rápido, assim logo poderia participar das pescarias no lago Arari e rios próximos, como Tartaruga, Anajás Mirim e, quem sabe, se Deus ajudasse, a pesca seria mais farta neste ano.

Foi-se na memória a época em que se pegava pirarucu nas proximidades em abundância. A busca pela espécie em excesso findou por praticamente eliminar sua presença no Arari, hoje rara. Sem dúvida, inexiste maior troféu do que o pescador pegar um grande pirarucu, já intitulado o peixe como o "gigante da Amazônia", chegando até a três metros de comprimento. Sua denominação vinha do seio da floresta, pois na língua tupi, pirá significa "peixe" e urucum, "vermelho", uma clara alusão à cor carmim da cauda do animal. Ouviu isso de Rômulo que, como representante dos pescadores, era o morador de Jenipapo que mais interagia com gente de fora, dada a estudar essas curiosidades.

Pesca com rede, pesca de filhotes, pesca na piracema de espécies proibidas eram apenas algumas das causas que podia compreender Genésio para a diminuição da quantidade de peixes nas cercanias, nos rios e lagos. Mas de acordo com Reginaldo, que era seu compadre de longa data e homem de palavra, para o evidente fato de o lago Arari estar secando (diminuindo de tamanho e profundidade) escancaradamente, a criação de búfalos e gado de modo acelerado, prática que consome água em demasia, além da sobrepesca, não podiam ser descartados como fatores a esclarecer a origem da carência de peixes na água doce. Uma verdadeira judiação! Não há como realmente negar, a pesca de arrasto com cacuri, técnica utilizada com mais de uma rede, acaba também por provocar o descarte de toneladas de peixes jovens sem valor comercial. E olha que há anos até fizeram barragem não distante da vila de Jenipapo para controlar as secas no lago Arari, impedindo-o de secar por completo com a saída dos peixes, salvo na piracema! Ao menos até pouco tempo era assim em regra. O fato é que, com muito esforço, sorte e pescando sensivelmente menos do que no passado de abastança nos rios e lagos, existe a chance de se pegar tamoatá, traíra, aracus, jeju, cachorro-de-padre, sem esquecer dos caranguejos. E Genésio bem sabia: o jeito era se concentrar nessa realidade.

Uma das maiores preocupações não somente dele, mas também de outros pescadores das imediações reside no risco de serem fisicamente atacados, pois alguns fazendeiros, por seus vaqueiros e prepostos, não deixam de exigir dinheiro para autorizarem a pesca próximo às propriedades que ostentam e, em havendo discussões, tudo pode acontecer, desde uma coça até um tiro fatal. Importante lembrar que desde a época de seu avô os habitantes da vila de Jenipapo eram chamados de forma generalizada de "ladrões" de gado, mesmo sem provas sobre o cometimento de crimes e, pior, conhecida por toda a população da região a circunstância de que os mais pobres da vila não poderiam ser os responsáveis por esses delitos já que não possuíam dinheiro para alimentar e transportar o gado. Se algum morador porventura houver se envolvido nessas tramas, jamais o fora como mentor intelectual do furto ou aproveitador de vantagem econômica expressiva, mas, quando muito, como mero instrumento. Isso sempre o incomodou demais, pois sendo homem e respondendo por si, aprendeu com seu pai a somente pegar o que lhe pertencesse ainda que a vida não se mostrasse justa no mais das vezes e o trabalho se apresentasse árduo. Deus haveria de prover o necessário ao sustento do dia. Assim ouviu de seu pai e foi o que repetiu a todos os filhos que teve, desde pequeninos.

Quem o olhasse ali, sentado em seu casco com um pano atravessado na cabeça sob o chapéu, camiseta de mangas compridas com vários furos e calça longa na cor cinza, toda puída, utilizando botinas velhas de borracha desbotada, não adivinharia que seu rosto ressequido, repleto de rugas e sardas, pertencia a um homem de 42 anos. O envelhecimento prematuro resultou da conjugação entre o vento, o Sol impiedoso, muitas noites passadas dentro de canoas próximo a terrenos alagadiços sem a proteção de nada além de partes de lonas rasgadas, que não continham sequer razoavelmente pingos d´água das chuvas torrenciais enfrentadas, e, por fim, a contagem das horas em que fora repetida essa rotina.

Verdade que o depauperamento da natureza diminuiu os riscos para o pescador em seu trabalho usual, tais como jacarés, sucurujis, poraquês – peixes-elétricos – sem se esquecer das onças em terra firme. Mas para Genésio isso não era um sinal de saúde do meio ambiente. Se os predadores rareavam, os peixes se apresentavam, ano após ano, em menor escala e sob idêntica proporção.

Tudo no Marajó sempre seguiu o movimento das águas. Para o pescador em especial, como ocorreu com seu pai e, antes

JENIPAPO

dele, o avô de Genésio. Tempo de pescar. Tempo de aguardar a água baixar. Tempo de esforço para obtenção de algum valor para garantir o sustento na estação das chuvas. E nestas, a busca do essencial alimento, aquele que, simplesmente, fosse encontrado dia a dia para garantir ao menos o almoço.

E não é que o nascimento de peixes, conforme as espécies, também oscilava a partir da época das águas? Os poraquês surgiam no fim da fase da cheia, ao cabo que os camboatás ou tamoatás, no início daquela. Genésio não duvidava da sabedoria da natureza. Ele a observava com proximidade. Sua harmonia somente era rompida por uma espécie: o bicho homem.

Não, não sabia o que o futuro lhe reservaria. Era pobre, vivia do que pescava, não tinha conhecimentos outros ou habilidades que não as desenvolvidas como trabalhador braçal da pesca. A rotina áspera, o calor escaldante, as dores musculares sentidas nas longas pescarias em grupo equilibrando-se nas canoas, o desconforto dos campos alagados difíceis de transpor face à vegetação, o corpo enregelado pela chuva contínua em inúmeras oportunidades, o alimento minguado, o café diluído em água do rio e sem sabor, que engolia nessas jornadas no alvorecer, tudo o enfastiava. Mas ainda assim, com tantos obstáculos, não conseguia imaginar viver em outro lugar.

Como ignorar todo aquele encanto? E a sensação de liberdade que experimentava quando, como no próprio instante, achava-se sozinho sentado no interior de seu casco boiando na água barrenta do rio Arari em local de correnteza tênue? Não, não era possível. Ainda assim, desejava dignidade para si e seu povo. Sabia que a água não chegava palatável à vila, que o esgoto inexistia, que os médicos ficavam poucas horas no posto, que a escola tinha estrutura rudimentar. E acima de tudo, via a fome em si e nos rostos dos seus como uma velha companheira que se esquivava, para retornar de inopino.

Seu pai lhe explicou, talvez tivesse na época uns 7 anos ou 8, não mais, que o rio se chamava Arari, cujo significado era arara pequena ou rio das araras na língua tupi. Esse era um conhecimento antigo, passado de geração a geração, sobre a água que possibilitava a vida. A população dos campos descendia dos indígenas, negros e brancos que há muitos anos estavam na região do Marajó. Da mescla entre indígenas e brancos, Genésio, homem caboclo do Arari, surgiu como fruto da terra ancestral da qual não podia se desvencilhar sob pena de perecer. Como o tamoatá retirado definitivamente do corpo da água, entregue à condição de ser estático e inanimado.

Pássaros de múltiplas cores e tamanhos cruzavam o céu em linha reta ou traçando arcos em seus trajetos espontâneos e caóticos de voo. Eram anus, papagaios, guarás, caboclinhos, bicudos, gaviões, bem-te-vis. O som de cantos desiguais dessas aves acrescido do ruído das águas marulhando levemente com a passagem das embarcações, quando estas já estavam afastadas, conduziam-lhe ao estado íntimo de paz por se encontrar na segurança no seu lar – que era não singelamente o chalé de madeira sem nobreza em Jenipapo, mas a imensidão de céu, água, ar, vegetação, raios de sol, seres vivos, em uma concentração impressionante de forças que vibravam e exalavam beleza. Talvez Genésio não fosse realmente um homem pobre.

# CAPÍTULO 5

Tereza ajudava a tia-avó lavando a louça do almoço. A casa era limpa, muito organizada e ela tinha um quartinho bastante confortável apenas para si. A tia viúva e sem filhos dormia no cômodo maior e ambas se davam muito bem, respeitando seus espaços e oscilações recíprocas de humor. Tia Filó, ao perceber a sobrinha mais cabisbaixa, fazia o possível para arrancar-lhe um sorriso, mas a deixava quieta em seu canto para depois, com habilidade, indagar à moça se gostaria de conversar sobre algum assunto. Esse era um dia em que precisava falar.

— Filha, tá amuada. Que foi? Quer conversar um pouquinho? Vamos tomar um suco de acerola que acabei de bater. Temos um bolo de mandioca com coco bem fresquinho que tirei do forno há meia hora...

— Ai, tia, você me conhece, não?

— Sim. Pode ter certeza!

— A senhora não tem jeito. Estou meio preocupada. Acho que em parte é saudade dos meus pais. Fico pensando se a situação das terras vai ou não se resolver um dia. E estou me questionando muito sobre os estudos. Não sei qual rumo tomar. Posso tentar uma universidade federal em Soure, mas preciso estudar bastante e não tenho condições financeiras para morar lá. Não posso preocupar minha família, eles já enfrentam muitas dificuldades!

— Entendo, minha filha. Mas você não está sozinha, tem eu aqui, olha!

— Ah, tia... a senhora ganha o seu dinheiro, sua aposentadoria, não tenho o direito de me aproveitar, de receber nada, não, é errado...

— Que? Quer agora mandar no que eu vou fazer com meu dinheiro, na minha idade? Eu gasto como eu quiser, olha! Não seja desaforada! Nada me dará mais prazer do que amparar minha querida sobrinha e ajudá-la a realizar seus sonhos!

— Não sei, minha tia... Eu vou pensar...

— Veja bem, tenho cá minhas economias. Meu velho me deixou umas cabeças de búfalo que deixo na propriedade de um compadre, ele produz leite, queijo, me paga direitinho porque eu cedo os animais. Posso tentar alugar minha casinha daqui para alguém de confiança que cuide e me pague um pouquinho que consiga. Se você não achar ruim, eu vou com você, Soure é uma cidade animada, cheia de gente e não é longe daqui indo de voadeira e pegando condução. Tem praia de rio, praia de mar, é uma beleza!

Tereza sentiu uma alegria íntima. Sua tia era quase uma mãe.

— Olhe, tia, só tenho uma amiga aqui, a Ana Laura. É a senhora e ela que me importam. Sei que na faculdade não vai ser muito diferente, vão me deixar meio de lado por ser negra oriunda de comunidade quilombola. Mas eu não ligo para isso. Se tudo der certo, se eu conseguir ingressar na universidade, vou buscar um trabalho meio período e com esforço vou conseguir meu objetivo e me formar! A senhora acha que meus pais vão concordar?

— Eu não tenho dúvida, minha filha! Podem achar que não há diferenças entre a gente aqui no nosso país, porque somos pretos, mas a longa luta da nossa família no quilombo e as reações negativas de muitos habitantes contra a ocupação das nossas terras, que é justa, mostram o contrário! Nada é mais importante do que a união e a educação de nossos filhos e netos. Quem me dera ter tido a oportunidade de estudar na minha época... Xi, não tava aqui, não. Não me casava com o Gumercindo, que era bonzinho, coitado, mas o meu sonho era viajar pelo mundo, sabia?

JENIPAPO

Tereza caiu na gargalhada. Sorte que o tio Gumercindo não estava mais neste mundo para ter um desgosto desses. Ele adorava a tia Filó!

Sim, Tereza queria fortemente fazer diferença no mundo. Lutar pelos direitos de sua comunidade. Ensinar as crianças desde pequenas a se orgulharem de quem eram, suas origens, suas aparências físicas, pois, em virtude da cultura existente, a negritude era apontada como dotada de aspectos não estéticos, de menor valia em relação às características dos brancos, o que não tinha qualquer sentido. Mesmo que seu propósito não fosse ser educadora, sempre trabalhou voluntariamente nas terras quilombolas e pretendia continuar a fazê-lo. Mas achava que as estruturas somente poderiam evoluir se houvesse um trabalho solidário, amplo e consciente. Era muito importante resgatar histórias e lembranças ancestrais do povo oriundo do continente africano. Conversar sobre o escravismo, ter a compreensão de seus impactos e meditar sobre caminhos hábeis à mudança de perspectivas na qualidade de vida da população negra. Assim, existiriam oportunidades para todos, em grau de igualdade. Oscilava entre escolher Ciências Biológicas ou Enfermagem, mas acreditava ter mais propensão à última. Nunca se assustou com o sangue escorrendo dos cortes resultantes das quedas na mata quando das brincadeiras de infância. Era a primeira a socorrer os colegas lavando os ferimentos, buscando mercúrio ou mertiolate, delicadamente passando algodão e vedando o ferimento com um curativo. Ficava calma e concentrada ao fazer isso. Adorava cuidar dos idosos e das crianças menores. Tereza realmente acreditava que os rumos de nossas vidas são sempre os melhores quando agimos com honestidade, esforço e dedicação. Quando de fato desejamos o bem alheio.

Mas não era fácil manter o espírito positivo. Seu pai, Benedito Antonio Batista, sempre residiu na comunidade de remanescentes do Quilombo do Gurupá, nascendo nessas terras.

Assim como os avós paternos de Tereza, os pais dedicavam-se à agricultura, principalmente à produção de açaí. Quis a vida, por seu temperamento apaziguador e naturalidade com que proferia as mais sábias palavras com firmeza, sem ser agressivo, que Benedito fosse tacitamente eleito na comunidade como líder, representando os moradores nas demandas mais viscerais que significavam, acima de tudo, a busca pela titulação da terra, ocupada, desde os tenebrosos tempos do escravismo, por seus antepassados. Não se tratava de tarefa sem complexidade, menos ainda segura. Isso porque eram muitos aqueles que cobiçavam as terras quilombolas, além de existirem indivíduos que, por suas condutas, criavam sérios riscos quer à estabilidade econômica, quer à salubridade dos habitantes da região. Não sabia com precisão, mas era certo que foi permitida em larga escala a atividade agrícola de cultivo de arroz nos arredores de Cachoeira. Porém, restou ausente a elaboração de estudo de impacto ambiental de modo prévio ao início do cultivo, tendo a Justiça determinado a adoção, posteriormente, dessa medida. A rizicultura alcançou 30% da área do município, sem notícia de criação de empregos de modo proporcional. Teria o agronegócio, ademais, gerado a indisponibilidade de território para assentamento de famílias sem teto, conforme comentários dos habitantes da região. Mas o mais grave e que afetava diretamente as terras quilombolas consistia na degradação do meio ambiente. Isso porque não somente a área do Gurupá, mas também a correspondente a todo o município, sofria a consequência da utilização de agrotóxicos nas terras cultivadas em ampla escala pelo agronegócio, com os previsíveis danos à saúde pública. Ademais, houve o desvio do rio Arari, com absorção de recursos hídricos, aterramento de lagos e desmatamento. A consequência foi o sumiço de peixes, fuga de animais, seca de igarapés. Também se verificou a construção de porto nas terras abrangidas pelo território quilombola, segundo seu pai lhe contou, sem autorização dele ou de quem quer que fosse membro conhecido da comunidade. Eram muitas as frentes de batalha: ora Benedito precisava se posicionar contra a degradação do meio ambiente e ocupação irregular de terras da área cuja titulação era reivindicada pelos quilombolas, ora eram posseiros que ameaçavam membros da comunidade sob o argumento de que teriam direito ao solo e que a comunidade quilombola não ostentaria qualquer legitimidade para impedi-los. A morte de líderes quilombolas em contextos semelhantes já havia acontecido em outras paragens. Por tais razões, Benedito não titubeou ao afastar Tereza provisoriamente do Gurupá para que tivesse a mínima tranquilidade mental e, assim, melhor exercesse a função de líder comunitário, ciente de que a filha se encontrava segura em cidade de acesso não singelo, Santa Cruz, pela natural morosidade do deslocamento por navegação convencional no rio Arari.

Por mais que Tereza se esforçasse, não conseguia compreender como era possível esse estado de coisas no maior arquipélago de ilhas fluviomarítimas do planeta, inserido entre a foz do rio Amazonas e o Oceano Atlântico. Sabia que o Marajó representava área de proteção ambiental, tratando-se de unidade de conservação de uso sustentável. A ocupação do território, desde os povos indígenas, dependia do respeito ao ciclo das águas, as marés que rotineiramente permitiam o deslocamento entre casas exclusivamente por embarcações e estações do ano, estas subdivididas em época das chuvas intensas no inverno e verão seco. Agora, tudo havia se invertido. Não podia ser uso sustentável o peculiar ao relato de seu pai e de conhecidos, no que se refere em especial à aplicação generalizada de agrotóxicos atingindo pessoas, animais, plantações. Retirada de águas do rio em demasia, desaparecimento de igarapés. O pior, eram ações humanas, não havia qualquer menção a mudanças climáticas como representativas da causa substancial dos danos e desafios que Benedito estava enfrentando como líder comunitário. O último ano havia sido estarrecedor quanto às queimadas na Amazônia. Muitos incêndios aconteceram no estado e Manaus ficou coberta por fumaça. Peixes de inúmeras espécies, botos em profusão, simplesmente morreram em virtude da seca dos rios, esta derivada de fenômeno climático de modo coadjuvante com o aquecimento global. A seca perversa conduziu o rio Negro ao seu menor nível de água em 120 anos de registro! Comunidades ficaram isoladas, houve falta de alimentos, água potável, prejuízos à saúde dos ribeirinhos. Muita gente se desesperou. Chegou a ler em jornais que o desmatamento foi indicado em pesquisas como correspondente a uma das principais ações que tornaram a Amazônia vulnerável a incêndios, pois, derrubadas as florestas para dar azo a atividades agropecuárias, a vegetação cortada e seca se converteu em combustível para incêndios. Ademais, desmatamentos resultam na necessidade de ampliação de infraestrutura, com acessibilidade de áreas que antes não o eram, possíveis assim incêndios em virtude de faíscas produzidas por veículos ou mesmo degradação de áreas diversificadas. Isso sem esquecer queimadas realizadas por agricultores para limpeza de terrenos precedendo à semeadura, além do preparo de pastos para animais, que facilmente saem do controle e simplesmente, expandem-se. A seca estava chegando ao Gurupá. Não era ainda o fogo, mas idêntica aniquilação da vida e das fontes que a propiciam.

# CAPÍTULO 6

— Não sou lesa, vó, que ridículo. O que vou fazer na casa da Paulinha?! Ah, eu vou esganar essa garota!

Nena disfarçava o sorriso ao observar a neta nervosa por não saber o que vestir para a merenda organizada por Paulinha, a filha de Marilda, sua vizinha há muitos anos, pessoa com a qual sempre se deu bem. A menina era um tanto falante e espevitada, mas reconhecia o carinho e apego que possuía por Ana Laura e era profundamente grata por essa presença na vida já tão solitária da jovem neta.

— Ah, filha, sem dramas, tá bom? Você sabe, Paulinha é meninota ainda. Tenha paciência, ela te adora!

Ana Laura resmungou algo inaudível e a vontade de rir da avó apenas aumentou, pois a impressão que a última teve foi de algo similar a um palavrão balbuciado, entre dentes rangendo.

Após dois minutos de silêncio, ouviu um suspiro longo e resignado e foi interpelada:

— Vó, por favor, pega a blusa branca com bolinhas pretas que está para passar? Eu vi, já está seca.

Nena sorriu, animando-se.

— Sim, filha, já te trago. Está quase na hora.

Ana Laura se olhava no espelho. Usava bermuda jeans na altura dos joelhos, os cabelos estavam presos em um rabo de cavalo baixo, repartidos ao meio. Usava os brinquinhos de flores que ganhou na loja, gostou deles... Sentia-se nervosa porque uma parte sua não conseguia deixar de, no fundo, ainda que tentasse negar para si mesma racionalmente, perceber um sentimento de alegria. Estava lisonjeada por um rapaz vistoso, educado e que se expressava muito bem verbalmente havê-la percebido. Mais do que isso, ele havia lhe dito que era bonita. Fitou-a com interesse e intensidade. Mirou em seus olhos. Demoradamente. A impressão que lhe deu é de que ele até perdeu um pouco o raciocínio, ficou meio besta, sem graça num primeiro momento, após encontrá-la. Aquilo era novo. Ainda que a deixasse agitada, irritando-a... Era algo bom, inexistiam dúvidas. Queria estar bonita. Iria passar um brilho de morango nos lábios bem torneados, um pouco de lápis preto sob os olhos grandes amendoados, um pouco oblíquos. E algumas gotas de colônia de lavanda atrás das orelhas. Sim, estava arrumada para a ocasião.

Após trocar a blusa que vestia pela branca de poá, bem passada pela avó Nena, não tardou em ouvir o grito habitual de Paulinha.

— Anaaaa... Daniel já tá aqui. Pode sair, a mesa está pronta e minha mãe mandou avisar que os pães de leite que ela assou vão esfriar!

Mas por que essa menina não perdia a mania de gritar o tempo todo? A rua toda já deveria saber que tia Marilda assou pães de leite. Seria bem difícil ninguém pedir alguma sobra ou a receita, naquela cidade todo mundo sabia da vida alheia. O jeito era se resignar e sair.

Timidamente, Ana Laura desceu a pequena rampa de madeira da casa, controlando a cadeira com as mãos. Paulinha estava defronte à rampa, com Daniel postado a seu lado em pé, ambos sorrindo em direção a ela.

Ana Laura sentiu um calor avassalador concentrar-se em suas faces.

— Oi.

— Ai, você tá linda, Ana! Não é, Dani? E está usando os brincos que você deu!

Ana Laura naquele momento simplesmente teve vontade de fulminar sua amiga inconveniente. E olha que intimidade, chamou o rapaz de Dani!

— Sim, Paulinha, ela não precisa de muita coisa para ficar linda. Os brincos são muito simples para ela, mas foram dados de coração!

— Ai, gente, parem com essa firula senão volto para casa, tá bom? Vamos lá.

Franziu Ana Laura o cenho, deixando explícito que era para pararem com os elogios.

— Ai, tá bom, vai, Ana. A gente não pode nem dizer a verdade, eu hein...

Entraram os três na cozinha da casa de Paulinha, mostrando-se Daniel extremamente atencioso e preocupado em retirar qualquer obstáculo que pudesse atrapalhar o trajeto de Ana Laura com sua cadeira.

— Ai, Ana, você está tão bonita, querida! Adorei essa sua blusa!

Ana Laura abriu seu belo e largo sorriso. Gostava muito da mãe de Paulinha.

— Oi, tia Marilda! Obrigada! Nossa, quanta coisa gostosa para a gente merendar, não queria dar trabalho para a senhora!

— Que nada, minha flor, eu adoro cozinhar para quem eu amo! E você, quem é? O novo amigo das meninas?

Daniel ficou sério, um pouco sem graça e apresentou-se, todo formal.

— Boa tarde, senhora! Sim, conheci as meninas na loja, muito obrigado por me receberem!

— Imagina, fique à vontade! Fiz uma jarra de suco fresquinho de bacuri, tem bolo de milho, pão de leite, queijo e manteiga de leite de búfala, tem essas rosquinhas de coco também, geleia de jenipapo. Enfim, estou ao lado, na sala. Qualquer coisa me chamem, vou deixar vocês tranquilos para conversarem!

Ana Laura observava o quanto a mãe de Paulinha era diferente da filha. Calma, objetiva, organizada. Sempre se sentia bem perto dela. Não a fitava como um ser extraterrestre por usar cadeira de rodas. Tratava-a com igualdade em relação à filha, tudo o que fazia tanto para Paulinha quanto para Ana Laura não divergia. Gostaria que outras pessoas a vissem apenas como era e não como uma vítima eterna, alguém sem identidade, fundida com a cadeira de rodas como se apenas um único objeto existisse que não ela, enquanto ser humano. Acomodaram-se, Paulinha começou a cortar o bolo, distribuir os pães mornos. Daniel encheu os copos de suco, lentamente, tomando cuidado para não derramar o líquido saboroso.

Dona Margarida, avó de Paulinha, entrou na cozinha e sentou-se com dificuldade, lentamente, com cuidado para não cair.

— Mãe, deixa as crianças conversarem aí, vem ver programa de calouros comigo na TV!

— Espera, Marilda, quero tomar uma xícara de café e comer uma rosquinha. Me deixa. Eles não estão reclamando, não me amola!

Ana Laura desatou a rir. Dona Margarida era muito respondona e independente, não aceitava ordens de ninguém, menos ainda da própria filha.

— Imagina, vó Margarida. Que bom, assim a gente conversa com a senhora um pouquinho!

— E esse aí? Quem é você, mocinho?

Daniel pareceu mais relaxado e sorriu.

— Sou amigo das garotas, nos conhecemos na loja da minha família no Centro.

— Que família? Conheço todo mundo aqui em Santa Cruz.

— Ai, vó, não seja assim. O Dani não veio aqui para passar por interrogatório!

— Não seja malcriada, Paulinha! Só estou perguntando por que gosto de prosear. Você parece sua mãe, que chata!

Daniel riu.

— Não, imagina, não tem nada demais! Sou filho do Toninho Azevedo, dono da loja de roupas e acessórios Morena Brasileira, sabe?

Dona Margarida deu de ombros, esboçando um meio sorriso.

— Só sei que é comerciante e se casou com a Beatriz, filha do Lourival da Voadeira, não?

— Sim, isso mesmo! Meu avô trabalhava com transporte, usando suas voadeiras, boa memória!

— Ah, que bom, meu filho. Assim a gente pode conversar sobre os tempos do padre Giovanni Gallo aqui em Santa Cruz, um homem muito prestativo, seu avô era amigo dele assim como eu!

# CAPÍTULO 7

— Dona Margarida, posso te chamar de vó Margarida?

Daniel ficava irresistível quando abria seu sorriso.

— Claro, meu filho!

Ela não conseguiu deixar de se encantar pela gentileza do rapaz.

— Então, vó, me explica: o Giovanni Gallo é o padre do Museu do Marajó que morou em Jenipapo e aqui em Santa Cruz há muitos anos? Já ouvi falar, no entanto não conheço o museu, foi para Cachoeira, isso?

Ana Laura e Paulinha ouviam atentamente o diálogo entre uma mordida no pão de leite com manteiga e um gole de suco natural.

— Então, vou explicar para vocês jovens quem foi este grande homem. Sinto-me muito honrada por havê-lo conhecido. Você se lembra né, filha, quando fomos ao Museu do Marajó em Cachoeira do Arari? Já faz algum tempo, acho que quando inaugurou, não foi?

— Sim, vó, mas não faz tanto tempo assim porque ele foi reinaugurado no início de 2022!

— Ai, me perdoe, minha cabeça anda meio fraca para fatos recentes... Mas enfim, você não conhece? – inquiriu, dirigindo-se a Ana Laura.

— Não, vó Margarida, eu não conheço. Mas gostaria, sim, de fazer uma visita algum dia. Dizem que é muito interessante!

— Pois não é? Não sei se vocês sabem direito, Giovanni foi um padre italiano jesuíta que veio para o Marajó na década de setenta. Morou na vila de Jenipapo, aqui em Santa Cruz, e depois em Cachoeira do Arari. Entre várias histórias das ações benéficas do padre com o objetivo de ajudar o povo carente de tudo está a criação do Museu do Marajó. Gallo acreditava no resgate da história do lugar, reunindo artefatos arqueológicos de cerâmicas marajoaras – que são peças em cerâmica feitas pelos índios que habitaram nossas terras no período pré-colonial, tratava-se de civilização pré-cabralina, como falam, caracterizada pela confecção de itens bastante detalhados, com desenhos geométricos, curvas, com uso de moldes bem feitos, contendo pintura inclusive –, além da catalogação dos hábitos e costumes culturais do povo natural dos campos, fazendo inclusive a descrição da fauna e flora. Isso sem esquecer das informações religiosas e históricas, como fez ao contar a vida dos escravos, algo muito importante! Veja, existem grilhões que eram utilizados nos escravos! O padre queria estimular o crescimento sociocultural da comunidade, atraindo turistas, incrementando novas atividades econômicas ao gerar outras fontes de renda, com oferta de trabalho para todo mundo. Gente, ele era um homem admirável! Falava como o povo, comia o que houvesse, sentava-se no chão, saía com pescadores para entender como era a rotina deles e as dificuldades que atravessavam! Somente assim ele achava que conseguiria se comunicar. E não estava errado, não! Ele era muito querido por todos. Sempre disposto a auxiliar quem precisasse de um bom conselho e preocupado em provocar mudanças na qualidade de vida dos mais pobres e carentes.

Foi a vez de Ana Laura se manifestar:

— Nossa, vó Margarida, que história mais linda! Já ouvi falar, sim, do padre, mas a impressão que me passou é que as próprias pessoas daqui não dão o devido valor ao Museu do Marajó, tanto que embora o padre o tenha instalado em Santa Cruz, por brigas políticas, ao menos foi o que ouvi dizer, teve que se mudar para Cachoeira do Arari.

Daniel acrescentou, bastante atento:

— Pois é, difícil, hein. Já falta serviço, um monte de gente vivendo miseravelmente e um museu que poderia gerar renda para a região simplesmente foi desviado por conta de disputas de natureza política. Não tem o menor sentido nisso!

Paulinha acrescentou:

— Não, gente, vocês não estão entendendo. Embora o museu esteja muito bem instalado em Cachoeira do Arari, há questões a resolver. Os funcionários são preparados e educados, o padre bolou um tal de computador caipira que foi revolucionário para a época em que abriu o museu, esse método estimula os visitantes a levantar portinholas de madeira para encontrar as informações a respeito das fotografias que contêm os nomes dos objetos retratados, como pássaros, peixes, animais, insetos, répteis, cultura, religião, dança, até gastronomia! Ele acreditava, e com razão, que o brasileiro tem os olhos na ponta dos dedos. Então queria facilitar o acesso ao conhecimento, provocando a curiosidade, a participação do visitante. Olhem, tenho primos que moram em Cachoeira do Arari e que nunca foram ao museu! Pior ainda! Minha tia Olímpia, que reside em Belém, tentou recentemente fazer uma cotação de viagem para Cachoeira do Arari a fim de levar um casal de amigos dela da faculdade, pessoas estrangeiras. Conclusão: pronto, nenhuma das agências de turismo possuía pacotes para o lugar, não tem hospedagem facilmente acessível, não tem divulgação adequada e aí, acrescento, não tem preparo para receber turistas, como restaurantes, hospedagem em nível equiparado ao menos ao existente em cidades como Soure e Salvaterra. Não tem estrutura alguma para o turismo! A gente anda em Cachoeira e embora as pessoas de lá sejam como aqui, interior, o povo é simpático e sempre disposto a ajudar, é algo parado, um monte de homens nas ruas sem trabalho, alguns jovens sem novas perspectivas largados nos cantos olhando celular ou, os mais ativos, jogando futebol no campinho. Como se estivessem paralisados! E quando fui a Soure e Salvaterra notei que é outra história! Avenidas largas asfaltadas, comércio mais desenvolvido com supermercado grande e várias lojinhas, restaurantes e até mototáxi! Então, o turismo bem explorado traz dinheiro para o povo, coisa que na nossa região, mesmo com a presença do Museu do Marajó, não acontece de modo algum! Que desânimo!

— Nossa, Paulinha, não fazia ideia! Que coisa séria! Também não costumo ir a Cachoeira para andar por lá, vamos mais para Belém e saímos por Salvaterra, que é próximo, para comprar mercadoria. Mas concordo com você, a exploração chamada sustentável do turismo pode auxiliar o Marajó preservando os recursos naturais e dando espaço para novas atividades que possam gerar benefícios para todos!

— Olha, fico realmente muito chateada quando ouço esses detalhes do descaso com o povo daqui. Nós vemos o quanto a vida é difícil especialmente para quem mora no Jenipapo, todos ilhados dentro da água, grande parte do ano, e sem trabalho que gere o básico. É um sofrimento! – acrescentou Ana Laura.

— Mãe, o que a senhora está falando aí pra garotada, toda animada? Do museu do seu querido Gallo?

— Então, filha, o pessoal não está frequentando como poderia, não tem a devida divulgação e falta estrutura adequada na cidade para acolher turistas!

— Sim, mãe, eu ouvi dizer, sim. Mas também escutei que o museu só saiu porque foi uma iniciativa coletiva, muita gente ajudou o padre a montá-lo em Cachoeira. E há projetos de associação com funcionamento de escola para crianças, escola de cerâmica e de arte, não sei ao certo se de música também. É bem interessante!

— Pois é, isso é valioso para a comunidade de Cachoeira, mas pensa bem, se nós temos a informação que o público – não estudiosos e cientistas – não recebe divulgação apropriada e estímulos para visitar a região em termos de turismo, como acessibilidade, boas opções de hospedagem, alimentação, comércio, o que também nos alcança aqui em Santa Cruz e mais ainda em Jenipapo, onde muitos vivem na miséria, o ideal do padre Gallo não foi atingido! Ele dedicou a vida a fazer o bem a toda a gente, valorizando o ser humano, as origens do nosso povo, a história daqueles que já caminharam sobre essas mesmas terras e navegaram pelas águas dos rios, lagos, igarapés. Eu não me conformo, tem que ser feito algo para levar ao conhecimento de muitos o conteúdo desse trabalho de uma existência, filha! Todo o saber precisa de compartilhamento para que haja compreensão da riqueza que possuímos. A natureza precisa ser preservada e, acima de tudo, a própria vida, o que somente pode acontecer a partir do contato com essa realidade!

— Mãe, calma, a senhora começa a falar nesse assunto e se empolga. Vamos lá na casa da tia Marilinha, que está nos esperando pra prosear. Só não sei se a senhora vai aguentar tomar café e comer algo depois de todas essas rosquinhas, não é mesmo?

— Ai, tá bom, filha. E vocês procurem se organizar para conhecer o Museu do Marajó porque, antes dos outros, nós devemos abrir os olhos e a mente para o que temos de mais precioso. Tudo começa a partir de nossas ações.

E assim a lúcida e eloquente senhora se levantou com vontade de continuar alardeando os tesouros de sua região e de seus ancestrais.

# CAPÍTULO 8

Zefa era uma menina de 8 anos de idade. Morava com a mãe, Maria, seu pai, Bento, e mais seis irmãos em Jenipapo, numa casa de palafita de andiroba com esteios de acapu. A habitação era composta de pequena sala sem móveis, apenas redes espalhadas, um jirau no canto com panelas em cima, mesa de centro pequena, alguns banquinhos; havia dois quartos e, nos fundos, um canto dividido entre cozinha, área de serviço e banheiro – fechado com cortina de plástico fosco – onde fora instalado vaso sanitário antigo, sem válvula nem caixa d´água. Especialmente o piso no referido canto era feito com ripas de madeira bastante separadas, dando azo à visão do rio sob os pés de quem lá se postasse.

Estudava na escola comunitária e se esforçava para prestar atenção nas aulas. Mas o que fazia muita diferença em sua rotina e na dos irmãos era a merenda singela que recebia e que, muitas vezes, representava a melhor refeição do dia. Sua mãe, Maria, salgava e secava ao Sol os peixes que o pai trazia de vez em quando, recebendo cesta básica na igreja para alimentação familiar. Também os vizinhos distribuíam víveres, quando podiam, para colaborar com o sustento das crianças, tais como verduras, batatas, alguns tomates. Em regra, o que mais tomavam era caldo de peixe, além de pirão. Farinha e açúcar com água eram igualmente fonte essencial de sustento no café da manhã. Exclusivamente, aliás. Sua alegria era imensa quando, na escola, distribuíam algo doce, como biscoitos maisena, no sabor chocolate ou paçoca. Era uma verdadeira festa para ela e outras crianças!

Bento pouco pescava. Gostava mesmo era de tomar cachaça. Não era exigente a propósito. Qualquer coisa que tivesse álcool já lhe bastava. Atravessava a maior parte dos dias letárgico, após passarem os efeitos eufóricos ou furiosos da carraspana, largado na rede, mal se incomodando com os insetos que pousavam em seu rosto inchado e arroxeado. A exceção era sair com o casco para pegar peixe no Anajás Grande. Incrivelmente ele possuía muita destreza no manejo da embarcação e na realização dos procedimentos de pesca, jamais havia caído no rio.

Não tinham energia em casa, tampouco eletrodomésticos que daquela dependessem. A água que chegava era lodosa, vinda do rio. Maria acendia um fogareiro com madeira e o carvão que conseguia obter e ali fervia a água, preparando as minguadas refeições. Embora contasse com 35 anos, estava extremamente envelhecida. O rosto possuía marcas de expressão e estava salpicado de manchas múltiplas do Sol impiedoso do período da seca. O cabelo crespo sempre estava preso sob um lenço florido encardido. Os seios, sem o uso de roupa íntima, eram fartos e um pouco murchos. Possuía a barriga arredondada, um pouco proeminente, suas pernas e braços eram finos assim como o pescoço, com a pele esticada em virtude da alimentação irregular. Refletia a estética da miséria, já que a fome não era suportada propositalmente...

Em que pese a rotina de escassez, os irmãos menores de Zefa, dos quais esta cuidava, sempre chorando maltrapilhos e eternamente resfriados com os olhinhos umedecidos e narizes escorrendo, eram crianças alegres. Zefa adorava brincar e ouvir histórias. Trazia livros que a professora distribuía na escola a título de empréstimo aos interessados para ler em casa, no lapso permitido pela duração de uma vela que, não raras vezes, precisava ser apagada para que durasse mais, nos dias vindouros. O tempo que fosse possível.

Sua vida, achava ela, era boa embora a preocupação constante, diuturnamente, fosse o que comer. O quintal era vasto, havia o rio, os campos alagados, pássaros multicoloridos, bichos, pequenas flores para olhar. Metia-se nos cascos com outras crianças, já que o pertencente a seu pai, em péssimo estado, consistisse bem precioso demais para que outros membros da família ousassem utilizá-lo. Tinha medo do pai. Ora ele ria, ora gritava e dava tapas e empurrões em sua mãe para depois ficar como um cadáver, semelhante a seu cachorro Branquela que, após ser picado por uma cobra venenosa, morreu.

Zefa era a filha mais velha do casal. Não havia ficado mocinha ainda, embora na escola já houvessem explicado que mulher sangrava todo mês a partir de uma determinada fase. Não tinha ambições ou sonhos a respeito do que faria na idade adulta. Só sabia que não desejava nem ter tantos filhos como sua mãe, nem passar fome. Se conseguisse isso, seria uma mulher bastante realizada. Eram seus desejos.

O que passou a incomodá-la, sem entender ao certo a razão, foram os olhares e toques de seu pai. Tudo começou numa segunda-feira à noite. Já havia reparado que Bento analisava-a de cima a baixo, especialmente quando em estado de ebriez. Todavia, encontrando-se sob sono profundo, de madrugada, deitada de costas para o chão de ripas de madeira sobre um colchonete improvisado, acordou de repente com um toque áspero sobre os seios, nada além de montículos tímidos coroados nas extremidades com bicos amorenados, um pouco mais túrgidos. Era o pai. Despertou assustada pela invasão e teve sua boca tapada pela mão ressecada, quente e bruta.

— Fica quieta, nem pensa em gritar ou chamar tua mãe. Sou teu pai, você é minha!

Diante do seu olhar apavorado, que certamente o pai deve ter vislumbrado pelo reflexo da luz da Lua vinda da janela escancarada para o rio, o homem retirou a mão e resmungou algo incompreensível, saindo de perto de Zefa, nitidamente frustrado.

— E tu cala essa boca, nada de reclamar de mim na escola ou pra tua mãe. Se fizer isso eu te jogo no rio pra sucuruji pegar ou jacaré comer e teus restos vão engordar as piranhas. Juro que faço isso!

Restou-lhe o coração acelerado. A perplexidade. O medo. O odor do homem sujo cheirando à cachaça e suor. Não poderia contar aquilo para ninguém. Seria um segredo seu. Porque não duvidava, seu pai facilmente a jogaria no rio em um lugar que ninguém poderia perceber, ele conhecia todos os caminhos da água. Ela não tinha valor, era um estorvo, uma boca a mais a alimentar. Nada o impediria de fazer isso.

Zefa não dormiu pelo resto da noite. E essa insônia passaria a ser sua constante companheira. Nos dias que se seguiram, as visitas do pai começaram a ser frequentes, sempre cheirando à bebida alcoólica, o toque pesado e dolorido. Ele começou a introduzir o dedo em seu órgão genital e a obrigava a tocar o órgão ereto dele. A vontade de Zefa era de gritar, pedia para a providência tirar aquele monstro que havia tomado o corpo do pai, somente poderia ser isso, um espírito maligno, precisavam procurar o pajé com urgência! Mas o terror era maior. O choro precisava ser engolido. O grito, sufocado. Ela não queria virar ração de piranha, queria viver, ser feliz. Mas o que seria essa tal de felicidade? Alguém a traria? Um marido, ele a protegeria ou seria como o pai, tomado por um espírito da floresta ou de um animal obscuro? Não, ela não podia contar nada. Simplesmente tinha de suportar o que acontecesse para, simplesmente, sobreviver.

# CAPÍTULO 9

Dulciléia sentia as pernas e pés inchados após enfrentar o seu turno de mais de oito horas diárias de aulas ministradas no ensino médio, na maior escola estadual da cidade. Voltava à pé para casa, sentindo-se envolvida por uma densa nuvem transparente de vapor, em que pese o Sol já haver submergido no lago Arari.

— Boa noite, professora!

Olhou mecanicamente em direção à voz feminina. Era Eufrásia Pessoa Jardim, a mulher do pastor da Igreja Evangélica do Azul Mais Profundo, a qual havia fundado o esposo dela em cidade não distante. Era uma mulher magra, de estatura mediana, cabelos longos castanhos avermelhados soltos, empertigada e extremamente enfeitada. Embora fosse sagaz, inteligente ao extremo e fizesse discursos mais bonitos do que o pastor sobre a sabedoria divina e a natureza caritativa do ser humano, havia algo nela que Dulciléia não conseguia decifrar. Um certo ar de superioridade ou soberba e mais que isso, ela dava a sensação de que se encontrava absolutamente sozinha no mundo como uma verdadeira soberana a que todos os outros seres deviam imitar, adular e, por fim, acatar. Na expressão local de Santa Cruz, era uma mulher luxenta, o que não combinava muito bem com o teor de suas palavras sobre vida espiritual e cultivo das virtudes. O pior é que a maioria das mulheres da cidade tinha por hábito copiá-la como se ela as convencesse, efetivamente, o quão seria melhor, em termos comparativos. A mais "magra", porque não ter calorias estocadas no corpo era elegante ou "chique". A que se arrumava com mais capricho, pois sabia combinar cores e peças, vestidos e sandálias com adereços de cabelo, bijuterias e maquiagem. A mais inteligente e bem-sucedida, ao passo que era eloquente e a Igreja do Azul Mais Profundo estava crescendo rapidamente, suas unidades já eram quatro e se via nos estabelecimentos comerciais de Santa Cruz folhetinhos com os horários dos cultos, em profusão.

— Ah, oi. Desculpe, Fran, eu estava distraída. Você está bem? – felizmente se lembrou de que a mulher do pastor não gostava de ser chamada por seu nome de batismo, preferindo "Fran", mesmo não possuindo eventualmente qualquer intimidade com o interlocutor.

— Sim, estou sim, meio sobrecarregada pois reformei minha casa. Fizemos uma piscina e uma área de lazer coberta para as festas. Você sabe, fazer parte da sociedade dá trabalho e é importante para unir os fiéis! Temos que cultivar os laços familiares! Desculpe, mas estou atrasada. Adorei ver você, está como sempre, nem parece que o tempo passa, não é mesmo? Até mais!

Dulciléia não concatenou ao certo em que momento a criatura narcisista desapareceu de seu campo de visão, só pôde deduzir que foi muito rápido. Assim como surgiu com sua aura de perfume adocicado foi-se sem ao menos fitá-la diretamente, conforme pôde perceber. Aquela mulher pesava em seu coração e não sabia ao certo identificar o motivo disso. "Você está como sempre". Olhou para si. Usava um vestido velho bastante confortável de algodão, cujo comprimento era abaixo dos joelhos, com mangas curtas. As estampas continham ramagens e flores azuladas com fundo branco. Calçava sandálias bem baixas, pretas. O cabelo curto enrolado estava na altura dos ombros, com fivelas prendendo as franjas de ambos os lados da cabeça mais para trás, por causa do calor. Usava brincos de argolas pequenas, douradas. Suas unhas estavam curtas e sem esmalte. Não se encontrava adornada por joias, exceto a aliança de casamento e um relógio antigo e pequeno da marca Technos. Não possuía mais qualquer resquício de batom ou maquiagem e seu rosto estava úmido com gotículas de suor diante do calor escaldante, como aliás não conseguia se recordar de haver experimentado desde que vivia ali, ou seja, durante toda a sua existência.

— Mas que mulher perversa!

JENIPAPO

Ouviu-se dizer em voz alta. Se estava "como sempre" e era esse o seu aspecto visual após um longo dia de trabalho, por certo a luxenta quis dizer que era desmazelada, acabada ou algo do gênero. Enfim, pouco importava, era apenas uma pedra que rolou na sua frente, sumindo como veio. Melhor pensar assim. E prosseguiu a caminhada, um pouco irritada.

Do outro lado da praça, Eufrásia confabulava consigo mesma, mentalmente: não acredito que essa mulher é tão largada, como é possível? Tem o próprio salário, o marido é funcionário público na prefeitura, não é velha, poderia se cuidar, fazer dieta, usar uma roupa mais arrumadinha, pintar as unhas, enfim, qualquer coisa! Mas tenho que ter piedade porque nem todo mundo tem o meu bom gosto, é algo que nasceu comigo, é natural. Não há o que fazer, só posso lamentar! Coitadinha...

E andando com passos largos e acelerados, como se fosse uma atleta que ninguém poderia alcançar, autossuficiente e míope para enxergar as outras pessoas, continuou sua trajetória em direção à própria residência em que iria receber os poderosos da região para um jantar despretensioso. Ou não tanto, pois, bem sabia, a política era indissociável para que alcançassem o sucesso da Igreja do Azul Mais Profundo, com as bênçãos do Pai Maior. Em ritmo olímpico, nem detectou a presença dos dois homens idosos sentados no banco da praça, espantando algumas libélulas com as mãos.

— Olha, Zé, como a mulher do pastor se acha o máximo! Mas que luxenta que é!

— Ah, ela pode até se achar, mas eu nunca gostei de mulher magra assim. Tem que ser carnuda, ter curvas, recheio, entende? Quem gosta de tanto osso? Eu é que não!

Os dois idosos riram alto, pois, bem sabiam, já ia longe a época em que podiam pensar em mulheres.

E acrescentou o último, após alguns minutos de silêncio:

— Engraçado, né, Tião, eu fico olhando pra luz da Lua que bate no lago, as estrelas no céu sem nuvens, o verde das plantas aqui ao lado, nesse canteiro do jardim da praça, e sempre lembro do nosso querido padre Gallo! Que saudade eu sinto dele! Era uma companhia tão boa, gostava de pedir conselho para ele. Sempre me ajudou nas horas mais difíceis, quando precisei de alguma orientação ou apenas para desabafar mesmo. E lembro que o padre não diferenciava as cores, fico pensando qual o motivo de haver sido assim com ele... era dal... não sei não como é que diz esse troço de doença. Nasceu sem ver diferença entre as cores!

O companheiro riu, caçoando com estardalhaço.

— Mas tu é burro mesmo, né, Zé! É daltânico que diz!

— Ué, se tu me fala, eu até acredito. Mas você entendeu o que eu quis dizer, isso que importa!

Tião, ficando mais sério, acrescentou:

— Sim, eu sei. Também sinto saudade do sujeito. Esperto como ele só, sempre pronto para inventar novidade e ajudar o povo daqui. Foi muita injustiça ser expulso de Santa Cruz por troço de política, por causa do museu, discussão, nunca entendi direito. Mas eu penso que Deus o fez sem poder enxergar as cores para conferir se ele conseguia amar o Marajó, mesmo ignorando a beleza que tem nesse lugar. E não é que o italiano passou no teste?

José sorriu.

— Tá certo, tá certo, sim. Porque se ele visse os tons coloridos das penas das aves, o azul marcado do céu, o verde dos campos e das plantas na beirinha dos rios, dos igarapés, aí é que iria gostar mais ainda de tudo isso aqui. Seria mais fácil, concorda? Porque a dureza da vida ele bem que encontrou nas nossas paragens. Ouvi dizer que ele podia ter ido prum país estrangeiro com casa, comida boa, não faltaria nadinha de conforto para o padre. Suíça, acho. Mas veio pro nosso Brasil, morar no Jenipapo, sem água, sem esgoto, comida pouca e sem variedade, ele não batia bem da cachola, você não acha, Tião?

— Ah, batia sim, era inclusive um homem muito inteligente. No começo eu achei esquisito ele pedir que a gente lhe

JENIPAPO

desse os cacos de cerâmica que ficavam nos descampados, nos pastos, na terruada. Mas ele me explicou o que era e eu fiquei surpreso por existir valor naquilo, eu era novo ainda. Acho que entendi que o padre queria que as pessoas dessem importância à história da nossa terra. Que todo mundo possuísse orgulho de si mesmo. Mas também ele desejava que o museu ajudasse a comunidade a se desenvolver de maneira a não faltar nada para ninguém, comida, casa, saúde, estudo, trabalho para sobreviver. Ele não desistiu da gente. O que aconteceu é que muitos de nós o deixamos sozinho por medo dos poderosos. Falaram coisas ruins sobre ele e nunca provaram nada. Tu pergunta para qualquer um aqui ou em Cachoeira sobre o Gallo e só ouve elogio!

— Ah, isso tu tem razão, hein. Agora, o que ele te explicou sobre os cacos?

— Zé, tá distraído? Estou falando sozinho por acaso? Presta atenção!

— Xi... Agora tá parecendo a minha mulher. Que é isso, seu cabra?!

— Acho que ela está certa. Oh, sujeito desligado! Os cacos eram pedaços de cerâmica marajoara, lembra? O Gallo criou o Museu do Marajó, onde colocou bichos embalsamados, coisas, fotografias de animais, peixes, aves, plantas, informações escritas sobre muitos assuntos, inclusive comida, palavras em tupi, canoas, urnas de cerâmica, instrumentos de castigo de escravos, como pelourinho, explicações sobre religião, dança, muitos assuntos!

— Ai, verdade! Já ouvi falar muito sobre isso! Eram pedaços antigos de vasos de barro, né?

— Sim, índios que viveram nos tesos, aterros sobre os quais construíam suas casas ou usavam apenas como cemitério antes do Brasil ser descoberto, é que fizeram essas cerâmicas! Existem vasos gigantescos, chamados igaçabas, entre outros itens onde colocavam os restos mortais das pessoas que faleciam. Após os rituais, enterravam o defunto e só tempo depois o tiravam e colocavam os ossos nos vasos, pondo debaixo da terra novamente

63

a urna. Tudo com muita decoração nas peças de cerâmica, cores diferentes, relevos, imagina fazer isso naquela época, eram índios, não homens civilizados!

— Ah, Tião, depois sou eu que sou avoado... Tu ainda não entendeu que os índios, que também são nossos parentes, sempre tiveram muita sabedoria? Coisa do homem branco desprezar o conhecimento deles.

Tião ficou calado, pois lhe faltaram argumentos. Zé estava correto!

# CAPÍTULO 10

Daniel passou a visitar Ana Laura nos dias de suas folgas, em média duas vezes por semana. Como haviam trocado números de celulares, todas as noites ele lhe mandava mensagens para saber como Ana estava, desejando-lhe uma boa noite de sono.

Embora Ana Laura ainda estivesse endurecida com a couraça de imaginária proteção que criou em torno de si para defender-se dos outros, quaisquer que fossem, aquela atenção incomum e totalmente desconhecida por ela até então começou a dissipar lentamente suas defesas. Ela sabia que caso seu coração ferido se abrisse para abrigar afeto por Daniel, poderia perder-se. Porque inexistiriam limites. Já tinha sofrido muitas perdas. Os pais. Os movimentos da cintura para baixo. A liberdade de não ser apontada na rua, olhada com desdém, ou pior, pena, o que lhe deixava revoltada e, acima de tudo, diminuída como ser humano. Ela era muito além do que a deficiência que exteriorizava.

Sim, possuía a amorosa avó e Lala, sua querida tia. Eram figuras maternais, sempre desempenharam esse papel. Nunca lhe faltou absolutamente nada, ao revés. Seu tio Abelardo também era muito carinhoso, gentil. Mas nenhum deles, por mais que a amassem, substituíam os pais falecidos. E principalmente, os momentos não vividos na companhia deles. Havia esse vácuo dentro de si mesma. E não conseguiria deixar de sucumbir à dor caso Daniel fosse uma mentira. Mas como se proteger de, simplesmente, amar, se ela possuía essa capacidade? Se ela era feita de carne e osso, não apenas de razão e, quem sabe, eletrodos, maquinalmente? Durante toda a sua vida ouviu e constatou que podia confiar em poucas pessoas. Sua avó Nena sempre lhe disse isso, desde pequenina, com receio que sofresse algum tipo de abuso fora de casa. Mas nem seria preciso, pois ao se ver ignorada por colegas de classe e até mesmo desconhecidos na rua, que pareciam constrangidos ao vê-la, teve plena consciência de sua solidão e da necessidade de ser forte. Ainda que assim fosse, caso não tentasse se relacionar com alguém, não assumindo riscos, continuaria sentindo-se do mesmo modo e os anos passariam sob proteção e isolamento perpétuos, no marasmo sufocante. Sentia que não foi para sobreviver, exclusivamente, que nasceu.

— Ana, o Daniel está aí. Vem para a sala!

Deu um sobressalto, sendo expulsa de suas divagações pela voz inesperada da tia Lala. Não havia combinado nada com ele, era quinta-feira e não era usual folga da loja nesse dia. Embora fossem apenas amigos, nada além, já havia se acostumado com o habitual comparecimento de Daniel no início da semana, quando o movimento do estabelecimento era mais tranquilo e podia tirar as tardes para seus afazeres.

— Ah, sim, tia!

Rapidamente escovou os cabelos em desalinho, passando um pouco de batom em tom claro nos lábios carnudos. Estava vestindo uma saia preta e camiseta regata azul-turquesa. Calçava chinelos de borracha, verdes, no estilo havaianas. Não se encontrava arrumada, mas não havia tempo, tinha que encontrá-lo assim mesmo.

Saindo para a sala, deparou-se com tia Lala conversando animadamente com Daniel, ambos sentados no sofá de visitas. Sua avó passava um café fresco, pelo odor que se espraiava para todos os lados do ambiente, vindo da cozinha.

— Oi – disse timidamente.

Daniel sorriu, levantou-se e foi ao encontro de Ana Laura. Lala permaneceu no lugar em que havia se sentado, observando atentamente a reação da sobrinha, com um sorriso levemente insinuado em seu rosto.

— Oi, Ana! Você está linda com essa cor, azul-turquesa!

Ana Laura nem teve tempo de reagir e já recebeu um pequeno e molhado beijo na face direita. Sentiu um calor repentino, pois sabia que a tia estava assistindo àquela cena. Apenas se deixou beijar, não retribuindo a carícia.

Nesse instante, a tia levantou-se de súbito.

— Ah, venham para cá, não vou atrapalhar. Vou à cozinha ver se mamãe precisa de alguma ajuda!

Abriu o grande sorriso que lhe era tão peculiar e deu uma piscadinha para o casal. Ana Laura quis morrer, imersa em sua profunda introversão.

— Vamos para perto do sofá, Ana. Sua tia é tão simpática! Muito legal!

— Ah, sim, tia Lala é bem extrovertida e atenciosa! Todo mundo gosta dela, não tem como ser diferente, sempre está de bom humor. Já eu...

Daniel riu sem deixar de caminhar até o sofá.

— Não acho, não, você apenas tem sua personalidade e mostra quando está chateada ou insegura com alguma situação ou pessoa. É natural, Ana. Um processo de autodefesa.

— Puxa, Dani, acho que você podia ser psicólogo. Tem jeito, hein?

Daniel sorriu.

— Que nada. Isso é minha mãe que estimulou porque preciso entender as variações de humor dela, percebe? E tenho uma irmãzinha dez anos mais nova, haja paciência! Porém é uma gracinha, você vai adorar a Lurdinha.

— Tenho certeza de que sua família deve ser muito legal, Dani.

— Eles são, sim, boas pessoas e não tenho dúvidas de que me amam. Tenho segurança quanto a isso. Eu fui criado com limites, sem as coisas fáceis demais. Porque querem o melhor para mim.

— Sim, você está certo. Precisamos ser úteis e responsáveis por nós mesmos, não acomodados. Mas eu também aprendi que necessito das outras pessoas e está tudo bem com isso.

— Sim, Ana, todos nós precisamos. A diferença é que você, por uma limitação física, tem esse fato claro na mente. A maioria das pessoas hoje em dia não está nem aí com os outros, somente pensam em seus interesses, são egoístas e eu diria sem medo de errar, insensíveis até. Mas essas mesmas pessoas acabam pagando um preço alto por tanta estupidez.

— Será, Dani? Às vezes penso que são justamente essas pessoas que se dão bem na vida. As que impõem as próprias vontades à força. Ou com dinheiro. As que mentem e manipulam. Fazem jogos, encenam papéis. E simplesmente não se importam. Não sofrem.

— Você está errada, sabe por qual razão? Porque o que realmente tem valor é o que fazemos de positivo, como impactamos a vida dos outros ao nosso redor. Se somos honestos e agimos querendo o melhor ou não. Esse aparente sucesso que esses indivíduos tentam exibir mal disfarça uma solidão imensa e uma mediocridade absoluta. São vazios, entende?

— Hum... não estou convencida e você está muito filosófico hoje, não estou entendendo nada.

Daniel novamente sorriu, encabulado, ficando com aspecto mais grave.

— É porque preciso tomar coragem para te falar uma coisa.

Ana Laura permaneceu em silêncio por alguns minutos, tentando adivinhar qual seria a bomba que ele iria jogar sobre ela. Talvez dizer que não poderia mais visitá-la, inventar uma viagem a Belém, qualquer coisa para disfarçar que uma namorada, até então desconhecida por ela, houvesse chegado à cidade etc. Ficaria imensamente magoada se ouvisse dos seus lábios que queria "apenas" ser seu amigo. Porque sentia que aquele afeto que brotava de seu ser era algo muito mais forte do que uma pueril amizade. Ou uma simples distração.

— Fala.

Daniel limpou a garganta, e tossiu uma vez.

— Então. Eu não consigo tirar você da minha cabeça. E do meu coração. Você quer namorar comigo? Ah, se precisar pode pensar o tempo que quiser, eu não tenho pressa e...

— Quero.

— Hum?

— Tudo bem, Dani, quero.

Ele ficou estupefato. Como aquela menina tão séria, rígida, fechada em sua concha de aço, conseguiu ser tão assertiva e rápida?

— Nossa, Ana... Estou tão feliz! Achei que poderia levar um "não" categórico que me mataria de amargura ou você dizer que gosta de mim como um amiguinho, com o mesmo efeito catastrófico...

Ana Laura riu, um pouco sem graça. Não queria parecer descarada. Mas era esse justamente o receio em seu íntimo, apenas de modo inverso.

— Dani, não me ache oferecida, tá bom? Somos diferentes, você sabe que tenho deficiência, mas sempre me tratou como se não houvesse essa característica. Nunca me olhou com pena, com indiferença ou algo que me afastasse de você. Muito ao contrário. Eu preciso ser honesta. Nunca tive essa experiência e sei que estou me arriscando muito mais do que você porque posso ser rejeitada, você pode de uma hora para outra dizer que não gosta de mim, enfim, algo por aí. Mas eu quero tentar. Porque tentar ser feliz é uma parte importante de viver. E eu não quero desistir disso.

Daniel ficou emocionado com a delicadeza daquela linda e corajosa garota que não escondia suas feridas, dificuldades, nem tampouco o franco desejo de amar e ser amada. Exatamente como ele sentia e necessitava. Ana Laura era um presente real.

Na sala vazia, a cortina de voil alternava seu movimento musical, trêmula com o vento que surgia em lufadas oscilantes, ora mais fortes, ora mais amenas. Ouviam o som do relógio de parede da avó Nena, uma herança de família, emoldurado em madeira nobre talhada manualmente com motivos florais. Daniel e Ana Laura fixavam-se nos olhos um do outro, examinando-os sem pressa alguma. Envolvia-os um silêncio acolhedor, pacífico.

# CAPÍTULO 11

Déia atravessou a estiva rumo à igreja, pois era sábado e gostava de assistir à missa das 11h. O trajeto era curto, cerca de três minutos caminhando pelo percurso da sequência de casas sobre palafitas na Rua 5, ladeadas pelas passarelas. Olhou no relógio, 10h20. Ainda tinha bastante tempo, podia reduzir o passo. Cruzou com uma mulher de cabelos na altura dos ombros, pretos, bastante enrolados com cachinhos nas pontas. Apesar de não prestar atenção no rosto, ouviu um chamado.

— Psiu, Déia, olá!

Olhou atentamente e reconheceu Edivirges, uma senhora que colaborava no centro comunitário e trabalhava como voluntária na creche.

— Ai, me desculpe! Não prestei atenção, estou com a cachola atarantada de tantas obrigações a cumprir que não posso esquecer. Você está bem?

— Sim, estou, sim. E sua família?

— Ah, tudo na mesma, bem, graças a Deus!

— Que bom! Sabe, Déia, queria te pedir ajuda. Você teria um minutinho para conversarmos? É importante e, como você trabalha no posto de saúde, talvez me dê uma luz.

— Claro que sim, será um prazer! Estou indo à missa, mas tenho tempo. É pertinho e só começa às 11h. Diga, do que se trata?

— Bom, você sabe que continuo fazendo trabalho voluntário lá na creche comunitária. Tem uma menininha que está me preocupando muito. A Zefa, filha do Bento e da Maria, você lembra dela? Uma garota de uns oito anos, bonitinha demais, toda falante e esperta!

— Quem? Aquele pinguço do Bento que bate na pobre da mulher? Se for, eu acho que me lembro dessa garotinha, uma graça.

— Pronto, isso mesmo, você tem boa memória! A menina fica às vezes na creche quando vem buscar os irmãos mais novos. Sempre brincou, ajudou as monitoras a ordenar as crianças, guardar os instrumentos de dinâmicas, como papéis, cartolinas, canetinhas. Participativa, gentil, inteligente. Do nada, a menina ficou triste, completamente calada e a impressão que me passou é que está emagrecendo. Parece sempre assustada e cansada, com olheiras sob os olhos grandes, como se não estivesse dormindo... Eu tentei conversar com ela, mas a garota se fechou mais ainda, pareceu ficar apavorada com a simples pergunta que fiz no sentido de estar tudo bem na casa dela ou não, se tinha algo para contar, porque eu estava lá para apoiá-la. Ai, meu Deus, não quero ser neurótica nem maldosa, mas eu fico muito preocupada com esse tipo de mudança de comportamento numa criança. O que você acha que pode ser, hein, Déia?

— Edi, você não está nem um pouco errada, está fazendo o que todos nós precisamos, prestando atenção nas nossas crianças para que, caso necessário, elas se sintam acolhidas e protegidas. Tudo o que você me relatou coincide com sintomas de abuso sexual infantil. A criança costuma se isolar, ficar sob mutismo, regride no seu desenvolvimento e comportamento. Não estou afirmando que seja, mas os sintomas tenho convicção que se mostram bastante preocupantes. Sabemos que o Bento vive embriagado, que é agressivo com a mulher, que falta de um tudo naquela casa como em tantas outras aqui da vila. É possível, sim, estar acontecendo alguma coisa. Temos que ser, contudo, muito cautelosas na apuração dos fatos não apenas para não cometermos injustiças, que devemos sempre buscar repelir em todas as situações – e veja que são poucas as pessoas que têm essa consciência nos dias atuais –, mas para principalmente protegermos a criança de exposição e maior sofrimento. Então, sugiro que você não comente isso com ninguém, tá bom? Façamos segredo. Eu vou telefonar para o Conselho Tutelar e conversar com o Pedro Ernesto, um conselheiro muito competente e sério que trabalha aqui na vila. É difícil, você sabe bem, que profissionais venham aqui em Jenipapo para prestar serviços, quer pela distância, quer pelas condições de navegabilidade do lago e do rio, especialmente nas cheias, quer, por fim, pela ausência de estrutura de cidade. Mas o Pedro Ernesto conta com alguns voluntários psicólogos. O ideal é que ele venha com profissional e ouça a criança de maneira não programada, numa visita domiciliar. Claro, identificando-se, pedindo permissão para a mãe. É delicado porque o Bento pode estar, não sei, vou ter que trocar ideias com o conselheiro. A criança precisa ser ouvida com tranquilidade e um responsável deve ser consultado previamente. Mas eu acho que conseguiremos, sim, com jeitinho, caso necessite eu mesma encontro o conselheiro na casa dela e converso com a Maria apenas dizendo que estamos preocupados com a menina, porque mudou completamente o comportamento social. Temos que enfrentar essa situação. Problema de violência contra criança é de todos nós. Aliás, se for isso!

— Ai, Déia, muito obrigada. Você não sabe o peso que tirou dos meus ombros! Algo me diz que está acontecendo alguma coisa séria com essa menina, vejo que está sofrendo demais. Estava me sentindo totalmente impotente e não é porque não é minha filha que devo achar natural. Ainda se fosse no tempo do padre Gallo, tínhamos um bom religioso para nos orientar. Ele ouvia todo mundo e dava sugestões bem sábias sobre meios das pessoas daqui resolverem suas questões. Das mais simples às mais complicadas. Era companheiro de todos. E embora ele tenha sofrido injustiças, como você bem falou aí, acho que não percebeu que sim, ajudou demais muita gente! Mas muita mesmo! Dividindo o que possuía, lutando para ficar ao nosso lado, valorizando o povo, escutando-o com carinho e atenção.

— Sim, Edi, você tem toda razão. Eu era criança, mas me lembro dele, tão generoso com todo mundo. Inventaram que ele tinha mulheres, tinha filhos, boicotaram todos os projetos que ele idealizou ou escolheu para ajudar o povo de Jenipapo e da região, de bispo a político, e pior, sem motivo palpável, apenas como reação contrária à popularidade do padre, fundamentalmente foi isso. Tenho lembrança da minha mãe me explicando as palavras do Gallo, ela dizia: filha, o padre conta que a fome é um grande problema do nosso país, mas não somente ela. É preciso estimular o homem a desenvolver sua mente porque somente assim ele avaliará a realidade, fazendo comparações, tirando proveito das experiências do passado. Ele não achava que ter técnica era imprescindível, embora valorizasse o conhecimento. Mas o pensamento das pessoas devia ser alterado para que suas vidas fossem modificadas e os obstáculos, superados. Nunca esqueci disso e foi graças a tais conselhos que fui estudar. E tem mais: precisamos pensar com nossas cabeças e cultivar o espírito crítico, após as devidas análises e obtenção de informações sérias.

— Ai, que tristeza, nem me diga. Como faz falta gente de bom coração e decente nesse mundo. Mas não podemos desistir, não é mesmo? Vamos fazer a nossa parte! Obrigada de novo, já vou indo, preciso preparar o almoço em casa. Boa missa para você e até!

Déia sorriu, cordialmente, despedindo-se.

Uma angústia invadiu-lhe o peito. A caminhada até a igreja já não era leve como antes. Havia a imagem do rostinho daquela criança em seus pensamentos. Não, talvez fosse outro o motivo para ela haver se retraído, tudo era possível. Mas Edi sempre se mostrou uma trabalhadora honesta e nada leviana. Nunca faltou ao trabalho voluntário. Era um pouco reservada, mas tinha um coração gigantesco. Tendo notado uma mudança comportamental da menina sem motivo aparente, tinham que averiguar, com todas as cautelas possíveis. Lembrou-se do episódio da venda da outra menina pela família há pouco tempo, ou melhor, tentativa porque graças à intervenção do Conselho Tutelar a criança foi abrigada e o caso estava na Justiça. Não existiam garantias de que o futuro dessas meninas, em especial, seria feliz após a adoção das medidas de intervenção estatal. Mas de uma coisa ela tinha certeza absoluta: inexistem meios de se tolerar qualquer violência. Especialmente violência contra uma criança, incapaz de se proteger sozinha e, dependendo, no mais das vezes, dos próprios agressores ou dos responsáveis negligentes para sobreviver. O posicionamento de cada cidadão da vila era uma obrigação, não uma faculdade. Se todos cuidassem respeitosamente uns dos outros, enquanto comunidade, talvez o progresso essencial já houvesse feito moradia em Jenipapo. Ao menos para garantir dignidade às pessoas. Em tempos de energia solar, técnicas múltiplas para plantio, preservação do solo, das águas, da fauna e flora, não era concebível, ao menos para Déia, que o povo do Jenipapo estivesse fadado ao destino trágico do abandono, da miséria, da invisibilidade. Sua comunidade existia e precisava ser respeitada em seus direitos, nada mais.

# CAPÍTULO 12

Domingo de manhã, Dulciléia passava manteiga no pão fresco enquanto seu marido, Antonio, servia-se de uma boa xícara de café, tendo o jornal aberto sobre o colo e pernas, que se encontravam entrecruzadas.

— Nossa, não sei onde a gente vai parar com o aquecimento global, é altamente preocupante! Você sabia que, segundo um estudo realizado pela ONG CarbonPlan em parceria com o The Washington Post, o município de Belém pode chegar a ser a segunda cidade mais quente do planeta até 2050? Já tivemos no ano passado aquela catástrofe no Amazonas com os rios secando e a população ribeirinha e povos originários ficando à mingua, sem ter o que comer, o que sabemos, é muito pouco diferente do que temos aqui, em Jenipapo em especial... Até o secretário--geral da ONU falou que 2023 foi o ano mais quente da história, atingindo cerca de 1,4 °C acima dos níveis pré-industriais! O que será de nós, Dulci? Uma catástrofe!

Antonio estava extremamente agitado lendo a notícia no jornal. Dulciléia ia dizer que não queria ouvir notícias negativas logo na manhã no domingo, porém o assunto era tão grave e o marido estava tão nervoso que resolveu adotar uma atitude complacente e solidária com a justa apreensão dele.

— Sim, amor, é preocupante demais, você tem razão... A distância entre Santa Cruz e Belém em quilometragem é o que, uns 130 km em linha reta?

— Acho que até menos! Qual vai ser o futuro da nossa região? Os rios também vão secar? Como as pessoas irão sobreviver? A alternância entre períodos duradouros de calor e secas fenomenais com chuvas torrenciais e contínuas, será que nossa vegetação, animais, aves, peixes irão se adaptar? Não sou biólogo, porém acredito que poucas espécies conseguirão sobreviver sob condições tão extremas! E veja bem, não é alarmismo. Já estamos sentindo na pele o aumento da temperatura na estação seca. Sempre o Marajó observou o ciclo das águas. Ano a ano ele vem se modificando, o verão ficando mais intenso e longo, os peixes desaparecendo dos rios e lagos. E aquela hipótese de eventualidade de um futuro com escassez está deixando o imaginário, está se mostrando na nossa cara!

— Sim, eu sei, também fico assustada. Principalmente porque sabemos que a história daqui reflete a do Brasil e sua colonização. Santa Cruz começou com a doação de terras em abundância para um militar no século XVIII e as relações dos latifundiários sempre foi a de compadrio, partilhando-se terras entre as famílias abastadas. Jenipapo devia ser apenas uma espécie de acampamento para a pesca nas origens, mas com o passar dos anos, com o empobrecimento dos pequenos criadores de gado em virtude das inundações que fulminavam os rebanhos, não conseguindo os grandes proprietários incorporar mais pessoas a título de mão de obra nas fazendas, nos terrenos alagáveis perto do rio Arari foram sendo construídas as casas dos pescadores sobre palafitas. Isso sem falar em outros pescadores e vaqueiros expulsos de fazendas que se deslocaram para Jenipapo. E hoje, veja só, temos essa realidade. O povo, que já tem dificuldade em sobreviver da pesca, diante da exaustão dos recursos naturais e da crise climática, não mais uma ameaça, mas presença, como fará? Meu Deus. É realmente de arrasar qualquer um pensar nisso tudo!

— Mas devemos conversar, a propósito. A coisa é séria. Temos que fazer o que se encontra ao nosso alcance. Pode parecer pouco, mas é preciso!

— Mas o quê, querido? O que é que podemos realmente mudar? Somos pessoas comuns!

— Por meio de nossas escolhas diárias e por intermédio do voto e pressão sobre os políticos que elegemos, com o uso adequado das redes sociais, abaixo-assinados, comunicações via e-mail, enfim, o que conseguirmos. Temos noção, por exemplo, que a pecuária bovina e bubalina, que aqui é uma das principais atividades econômicas, compromete o meio ambiente de diversas formas: consumo excessivo de água para criação, emissão do gás metano pelos animais no natural processo digestivo, você sabe, não é? O metano é um gás que estimula fortemente o efeito estufa, desmatamento para criação de pastos com liberação menor de oxigênio, cultivo de grãos para alimentar rebanhos, erosão do solo, etc. Então, se diminuirmos ao menos a frequência e proporção de carne que ingerimos semanalmente, já estaremos colaborando para desacelerar o aquecimento global! Não consumir tantos produtos industrializados implica menor quantidade de lixo, o qual também emana gases favoráveis ao efeito estufa. Isso sem falar no plástico, cuja produção, derivada de combustíveis fósseis, resulta na emissão de dióxido de carbono, concorrendo decisivamente para o efeito estufa. São escolhas inteligentes!

— Bom, aqui temos peixes de ótima qualidade, então nós variamos bastante nossa dieta, mas entendo seu ponto de vista, tem razão, sim. Nossos hábitos de consumo podem ser alterados, inclusive em benefício da saúde de todos e da preservação, no mais, da própria vida. Sabemos que muitas pessoas dependem da criação do gado e búfalos não apenas para produção da carne, mas também para obtenção do leite e derivados. A desaceleração desse processo e não a sua eliminação talvez seja um bom caminho. Mas você não ouviu dizer que querem extrair petróleo na foz do Amazonas? Qual o impacto disso?

— O petróleo, veja lá, quando queimado, polui o ar, liberando dióxido de carbono que, como eu disse, é um dos responsáveis pelo efeito estufa e aquecimento global. Isso sem falar nos resíduos sólidos, contaminação de água utilizada, vazamentos que não raras vezes acontecem matando animais e comprometendo o meio ambiente. Eu li que o Ministério de Minas e Energia defende exploração de petróleo na bacia da foz do Amazonas, porém o Ibama teria se insurgido contrariamente, levantando aspectos técnicos. É muito importante essa questão, pois já estamos experimentando o aquecimento global e seremos imensamente afetados, especialmente aqui, na região Norte. O que me chama a atenção é que o Marajó consiste em área de proteção ambiental, pois representa o bioma Cerrado, na Amazônia, ainda que saibamos que parece que isso é ignorado face aos problemas múltiplos que vemos, como cultivo de grãos em grandes extensões de terra, mediante retirada acentuada de águas dos rios, espargindo-se agrotóxicos nas cidades, inclusive nos rios que banham áreas quilombolas e diversas. É preciso mudar todo esse contexto para que todos nós tenhamos um futuro. Pensa bem, de que adianta falar em economia se as condições de existência restarem impraticáveis ou quase isso? Será que a natureza irá se recuperar ou teremos mais escassez, mais fome, majoração da desigualdade, dos problemas sociais?

— Concordo, querido. É importante estarmos conscientes do que está acontecendo ao nosso redor. Fazermos o que está ao nosso alcance, dia após dia. São pequenos gestos, mas se contabilizados conjuntamente, por meio de inúmeras iniciativas, poderão produzir efeitos concretos principalmente mediante repulsa às práticas perniciosas ao meio ambiente. Que afinal nos compõe, não é mesmo? O que somos nós sem água potável, ar puro, alimentos, condições de nos protegermos das intempéries, de sobrevivermos?

— Sim, isso mesmo. Você sabia que em 2025 a COP 30, maior evento ambiental do mundo da cúpula do clima das Nações Unidas, vai se realizar em Belém? Olha aqui, na página cinco do jornal. E por essas tristes coincidências da vida, Portel, aqui no Marajó, foi anunciada como uma das regiões que mais teve queimadas na seca amazônica, em outubro e novembro de 2023, cerca de 1313 pontos de acordo com o Inpe, Instituto Nacional de Pesquisas Espaciais!

— Como assim, tantas queimadas por qual motivo? A seca apenas?

— Não, infelizmente. Não podemos esquecer que os grileiros, pecuaristas e madeireiros também tiveram responsabilidade, inclusive invadindo territórios tradicionais. As notícias são muitas e todas nesse sentido. Precisamos acordar antes que não tenhamos mais tempo!

— Sei lá... Entendo, querido, temos que fazer o que é viável. Mas a sensação que tenho é de que tudo parece tão insignificante diante de tanta injustiça! Sabemos, porque vemos aqui no Marajó o quanto os povos tradicionais respeitam a natureza, pois repetem práticas de cultivo e extração que não são nocivas ao meio em que vivem, são centenárias. Fora as questões religiosas e culturais que formam cada comunidade humana. E é triste só ouvirmos notícias sobre invasão de terras, destruição de recursos hídricos, poluição ambiental atingindo todos nós, inclusive. De toda forma, acho essencial nos mantermos informados e conscientes. Eu sempre busco conversar um pouco com meus alunos sobre as dificuldades que eles atravessam e as possibilidades de enfrentamento, de superação. Acho que educar é também ajudar a pessoa a criar senso crítico. Além de valorizar a informação idônea, respaldada.

— Ah, eu tenho um orgulho enorme dessa tua postura profissional! Eu sinceramente acredito que você pode impactar bastante e positivamente seus alunos! É preciso ler, ouvir, pensar para que a gente possa viver com a liberdade viável e não por osmose, por assim dizer. Lembra do padre Gallo? Oh, sujeito inteligente e visionário! Foi uma pena não aproveitarem as ideias dele para estimular o progresso aqui em Santa Cruz. Ele apenas desejava que as pessoas tivessem melhores condições de existência. Era fundamentalmente um homem estudioso e religioso que almejava auxiliar os mais humildes.

— Querido, nem me diga por que foi uma judiação. Tiraram dele o que mais gostava, que era exercer sua vocação religiosa. Espalharam boatos sem comprovação alguma, rejeitaram todos os projetos que ele concebeu para auxiliar a comunidade local e acabou praticamente expulso da ordem religiosa e daqui. Poderíamos ter em Santa Cruz o Museu do Marajó, capaz de atrair turistas e estudiosos, até mesmo estrangeiros. A cidade poderia crescer com serviços essenciais, como hospedagem, alimentação, estrutura comunitária, entretenimento e outros. Agora Cachoeira tem essa oportunidade. Ouvi dizer que o museu está bem instalado e é bastante interessante porque fala sobre o marajoara. O homem, os hábitos, a religião, a natureza, comida, hábitos, história, arte. Também existem as cerâmicas marajoaras, que são relíquias antigas que testemunham e informam o modo de vida de um dos povos indígenas que ocuparam o Marajó, antes mesmo do descobrimento do Brasil. Acho isso impressionante, como ele foi tão produtivo!

— Sim, exatamente como você falou agora. Mas eu fico aqui pensando com meus botões se isso não é a nossa velha mania de não valorizarmos o que é nosso, a rica natureza que nos circunda nessas terras e águas. A história do nosso povo mestiço, nossa cultura, hábitos regionais, arte, música, lendas, danças. Essa tendência de desprezarmos o que temos em abundância pode redundar em perdas e é disso que falamos agorinha sobre o aquecimento global. Ele poderá ser minorado pela preservação da natureza, então ela não é algo que possa ser menosprezado. Porque se for, nós também seguiremos idêntico destino.

— Sim, mas vamos conversar sobre algo mais suave, como um passeio de barco? O céu está azulado e as águas do lago não parecem revoltas, adoro ver as aves. Vamos aproveitar essa beleza toda!

Antônio sorriu. A esposa sempre dava o seu jeito de acalmá-lo com seu espírito positivo e vivaz.

# CAPÍTULO 13

Há dois meses e meio Ana Laura e Daniel estavam namorando. O relacionamento era bastante puro, davam-se as mãos, conversavam animadamente na casa dela, por vezes saíam para pequenos passeios nas redondezas ou em especial para ver o lago, próximo à praça do Centro, retornando o mais tardar com o crepúsculo. Daniel lhe contava da rotina na loja, das incursões em Belém para comprar mercadorias, das aulas para desenvolvimento de sites que estava frequentando online. Ele possuía poucos amigos, Zeca e Magrelo, colegas do colégio desde quando eram pequenos e frequentavam o jardim de infância. Os meninos se viam uma vez por semana ao menos na casa deles ou numa LAN house situada na praça, que era ponto de encontro dos rapazes de Santa Cruz. Ana perguntava a Daniel se ele já havia comunicado o namoro deles aos amigos e à família. Daniel respondia negativamente quanto aos amigos e de modo oposto ao pai. Porém, iria contar à mãe no domingo vindouro, após a loja fechar, e queria buscar Ana Laura para jantar em sua residência na segunda-feira.

— Tudo bem para você, Ana?

Por alguns instantes, ela permaneceu silente.

— Dani, quero que você seja sincero comigo. Por qual razão você ainda não contou da gente para os meninos? E para sua mãe?

Daniel imediatamente respondeu, com uma firmeza que a deixou até impressionada.

— Porque não quero ouvir besteira dos meus amigos antes de eles te conhecerem e para mim é mais importante que minha família te receba bem, como você merece. Em casa sempre fui muito próximo ao meu pai. Sim, ele me dá broncas quando eu erro ou ele acha isso, mas conversamos sempre. Não é uma imposição. Ele me explica a visão dele e quase em regra acabo concordando que pisei na bola em um ponto ou noutro, especialmente no trabalho. Já minha mãe é autoritária, ciumenta, mandona mesmo. Com ela é muito mais difícil. Temos que nos unir, eu e meu pai, e aos poucos vamos falando com ela, insistindo naquilo que entendemos importante ou interessante, como, por exemplo, comprar um produto novo para oferecer à venda na loja. Ela sempre é cabeça dura. Mas é uma boa pessoa, Ana. Presente e dedicada em relação a nossa família.

Mas que pesadelo. Ana Laura já podia adivinhar a reação da pseudossogra à notícia do jovem filho de que estava namorando "uma cadeirante". Não sentia forças para suportar rejeição, críticas veladas, olhares mistos encharcados de raiva e piedade. Mas não tinha qualquer opção. Gostava a cada dia um pouco mais de Daniel. E aquilo já era uma imensidão dentro de si, como o lago Arari na época das chuvas, com a água inundando as zonas não aterradas da cidade. Por todos os lados, por todos os poros de seu ser. Seu coração batia fortemente por aquele menino grande.

— Ai, Dani... Não sei se é boa ideia... Acho que... que... sua mãe... não vai gostar de mim...

— Para, Ana! Quem tem de gostar de você sou eu. Ela precisa respeitar a minha decisão. Somos novos, temos que fazer nossas vidas, trabalhar, estudar, enfim, não penso em me casar já, contudo para mim está claro que você é a mulher da minha vida e isso, veja bem, não é da boca para fora que digo. É uma certeza.

Ana Laura ficou chocada com o discurso do namorado. Casar-se? Isso nunca passou por sua cabeça. O seu gigantesco desafio ainda era como sobreviver em Santa Cruz, cidade não adaptada para seu pleno deslocamento com segurança, sem depender de terceiros constantemente, aliás como até nas grandes cidades do país verifica-se. Como arranjar trabalho, com as limitações físicas que tinha, sem ser rejeitada de plano por puro preconceito. Ela era julgada, bem o sabia, pelas restrições que possuía como se nada mais existisse em si em termos de qualidades, dons, aptidões. Era o famoso capacitismo, a rejeição cabal àquilo que não corresponde aos padrões estabelecidos quanto aos aspectos funcionais e físicos humanos.

— Dani, não quero criar qualquer incômodo à sua família. Nossa, nem posso pensar em você brigar com sua mãe por minha causa, não é por aí. Entendo, não sou o que ela deve querer né para a sua vida e...

— Ana. Não repita mais isso! Não complete essa frase. Estou falando muito sério com você. A minha vida viverei eu. E a minha escolha é você. Não tenho inseguranças quanto a isso. Sim, teremos provavelmente que enfrentar desafios, críticas. Mas a nós cabe superar o que é imprescindível para nossa paz, nossa felicidade. Não vou viver a minha vida pelas ideias ou opiniões dos outros, por mais que possam ser de pessoas que eu ame, entende? E não, você não vai criar nenhum incômodo. Tire esse pensamento da cabeça. Com o tempo, tudo irá se acertar!

Ana Laura não tinha tal convicção. Mas não queria discutir com Daniel. Seu coração já estava sobressaltado, uma angústia se insinuava na garganta, uma espécie de aperto como se a voz fosse desaparecer, trêmula já como reação às frases do incisivo namorado. Resolveu mudar de assunto porque se aquela conversa continuasse talvez explodisse aos prantos, já pressentindo o descontrole emocional. Concentrou-se em emitir a voz com suavidade e um toque de animação.

— Ah, tá bom, Dani, não vamos mais esquentar a cabeça com isso. Seja o que Deus quiser! Confio em você. Mas lembre-se: não brigue por minha causa ou vou ficar brava. Estou com uma vontade enorme de tomar um suco de cupuaçu e comer pastel de siri lá na lanchonete do Douglas, vamos?

Daniel sorriu. Admirava tanto Ana Laura. Mesmo com dificuldades e desafios, ela não se deixava abater. Era uma menina forte, decidida e adorava, simplesmente, viver. Chamava sua atenção para coisas que ele jamais notara. Um pássaro colorido pousado numa cerca próximo à água. O formato das nuvens no céu, insinuando objetos, pessoas, animais. O cheiro que exalava a terra após o cessar das chuvas, com as ervas úmidas secando sob o reduzido calor do Sol ao final do dia. Ana Laura amava animais. E instintivamente, eles devolviam o carinho que ela lhes transmitia por meio de afagos sobre as cabeças macias dos cachorros da vizinhança, como era usual acontecer, soltos e livres pelas ruas, como deveria ser em qualquer lugar. O sorriso dela era lindo. Não havia para Daniel um sorriso mais especial. Talvez porque fosse o sorriso de quem atravessou a dor e, apesar dos padecimentos, não deixou de se divertir e comover consigo e com os outros. Ela era muito afetuosa. Superada a rigidez autoprotetiva, desmanchava-se em carícias endereçadas aos familiares e a Daniel, ora ajeitando o cabelo dele em desalinho, ora massageando a mão da avó dedicada, que tinha artrite. Sempre beijava e abraçava os tios quando chegavam e partiam. O interessante para Daniel é que, não obstante a sua família fosse tradicional, vivia com ambos os pais e a irmã menor, não tinham na sua casa esse hábito do toque físico. Beijos no rosto e abraços apenas em aniversários ou festividades de fim de ano. Seus pais também não se acariciavam na frente dos filhos. Eram formais, sérios, até demais. Talvez fosse a educação que ambos receberam, a conexão física confundida com algo inadequado, talvez vergonhoso, ao passo que era necessária e mais que isso, primordial.

Um silêncio agradável os envolvia, apenas interrompido pelo som do relógio de parede, herança da família materna de vó Nena. A cortina de voil branco ora inflava-se redondamente, ora murchava por completo sendo o tecido sugado para fora da janela conforme o fluxo do vento, anunciando a proximidade da chuva.

Sentiam-se aquecidos, em paz e perdidos na profundidade dos olhos fixados reciprocamente. Olhavam-se curiosos, como se fosse a primeira vez que se encontravam. Sem pressa. Sem pudor. Apenas examinando os detalhes das cores, formas e reflexos. Os olhos de Daniel, acentuadamente escuros, tinham para Ana Laura a aparência das árvores dos campos inundados, submersas no inverno. Já para ele, os olhos da amada eram de um castanho oscilante, salpicadas as íris por minúsculos riscos de cor mais clara que poderia ser confundida com tom alaranjado conforme sua cabeça meneava lentamente, recebendo o impacto da luz embaciada que provinha da janela aberta. Daniel esgueirou-se lentamente do assento do sofá em que estava sentado, pegando a mão esquerda de Ana Laura com cuidado e delicadeza, sem desviar os seus dos olhos dela. Aproximou tranquilamente seu rosto e passou a olhar os lábios de Ana Laura. O movimento dela não foi diverso. Igualmente, olhou para a boca entreaberta de Daniel, sem medo ou constrangimento. Deixou-se beijar carinhosamente, sem pressa, como se aquele gesto já houvesse se verificado inúmeras vezes, com naturalidade e sempre com o mesmo sentido. O de quem se entrega, vencido, a um sentimento maior. A celebração de um encontro aguardado, cuja verificação nunca fora garantida. Ana Laura poderia viver inúmeros anos, deixar-se tocar por outros lábios e, ainda assim, esse seria o único beijo que gostaria de jamais esquecer.

# CAPÍTULO 14

Déia conhecia Genésio desde que ambos eram crianças. Amigo de seus irmãos, gostavam-se como verdadeiros parentes. A partir do instante em que entabulou conversa com Edivirges no fim de semana, a caminho da missa, não pôde deixar de remoer o que estaria ocorrendo com a filha de Bento e Maria. Antes de telefonar para Pedro Ernesto, conselheiro do Conselho Tutelar, gostaria de ter alguma convicção quanto à possibilidade de acesso à residência da família sem a presença de Bento, o qual poderia impedir o diálogo com a criança ou até mesmo com Maria e, pior, havia o risco de a simples visita servir como pretexto para alguma agressão do homem contra mulher e os filhos, no seu desvario alcoólico e covarde, como era habitual, infelizmente. Resolveu, no fim da tarde de segunda-feira, dar uma passada na casa de Genésio pois àquela hora ele já devia estar recolhido, batendo palmas defronte à cabana.

— Oh de casa! Genésio, tu tá aí?

Saindo pela porta frontal, Genésio de bermuda e sem camisa, descalço e com os cabelos em desalinho, surgiu.

— Olha, mas que visita boa! Entra, comadre, vamos tomar um café, ainda não está na hora da janta!

— Não, Genésio, obrigada, não quero incomodar. Gostaria de trocar dois dedos de prosa contigo, pode ser?

— Claro, entre! Dolores vai ficar feliz em te ver, Déia!

A casa de madeira sobre palafitas era muito limpa e organizada, graças aos cuidados de Dolores, a qual era conhecida por sempre arrumar os filhos com capricho e asseio, educando-os para que fossem respeitosos com os mais velhos, o que, de fato, eram. Déia gostava muito da comadre.

— Olá, minha linda. Desculpe a hora, não quero incomodar!

Secando as mãos no avental de corpo inteiro amarrado no pescoço, de tecido floral vermelho, Dolores, cujos cabelos longos estavam presos em um coque na altura da nuca, abriu um sorriso aconchegante.

— Imagina, Déia, tu é de casa. Vou passar um cafezinho agorinha pra gente enquanto vocês conversam aí, tenho umas bolachinhas de água e sal com geleia que acho que as crianças não devoraram por inteiro. Espera aí! – disse, rumando ao fundo da casa, em outro cômodo.

Déia sentou-se à mesa e Genésio imitou o gesto, após ela assim proceder. Deu um suspiro profundo e começou a falar.

— Compadre, eu vou te pedir para guardar segredo do que irei contar agora. Apenas quero que tu me avise se o Bento for sair para pescar com alguma antecedência. Ele costuma ficar bebendo na venda perto do trapiche, se for possível dar uma assuntada e me dizer eu agradeço muito! É coisa séria, com as crianças dele, uma em especial...

Genésio coçou a cabeça, fazendo uma careta indecifrável.

— Ai, comadre, não quero me envolver com esse sujeito! Vive de cara cheia e é doido para arrumar confusão!

— Eu sei, não te peço para se envolver, só assunte como quem não quer nada, diga que tu vai pescar no Anajás, por exemplo, não sei... Não precisa ficar de cavaco. É importante, compadre, é uma criança! Pode estar acontecendo alguma coisa séria, não vou nem te contar detalhes, não tenho certeza de nada, o fato é que vai me ajudar demais se eu puder visitar a Maria e as crianças com calma, sem Bento estar por perto!

Genésio ficou calado por alguns instantes. O seu silêncio foi interrompido pela chegada de três de seus filhos, Ana, Mirtes e Aparecida, as últimas gêmeas, caçulas da família. Entraram rindo em correria e pararam apenas quando viram Déia sentada.

— Benção, madrinha! – falaram as pequenas, secundadas pela mais velha, que sorriu e pediu-lhe a benção, igualmente.

— Ai, que beleza de ver! Que Deus as abençoe!

Repetiram o gesto com o pai e correram para falar com a mãe, a qual já dizia em alto som que precisavam lavar as mãos.

Após respirar profundamente, foi a vez de Genésio se manifestar:

— Está bem, comadre! Não sei o que está acontecendo nem quero ciência. Mas quando vejo as minhas filhas felizes, com saúde e sob a nossa proteção, não posso nem pensar se acontecesse algo ruim com elas. E confio em tu. Hoje mesmo vou, após a janta, na venda para ver se o papudinho está lá. Te aviso mais tarde! Nem que amanhã cedo tenha que arrastar o cabra para algum furo distante, vou dar ocupação pra chegar no fim do dia em casa, de preferência de bubuia e sem precisão de álcool! Te aviso mais tarde, passo na tua casa. Pode contar comigo!

Déia sorriu, agradecida. Era o que gostava de viver na vila de Jenipapo. Existiam as pessoas boas e solidárias ainda que os problemas fossem muitos. E conviver com gente real e não com máquinas era o que lhe dava sentido na vida.

— Obrigada, compadre! Já vou indo, não quero incomodar! Até mais!

— Até, comadre! Estou indo, viu, tenho que fazer a janta! – falou em tom mais elevado Déia, para que Dolores ouvisse em outro cômodo.

A última veio correndo esbaforida, sem nada compreender quanto à visita de médico da comadre, ainda que isso não existisse ali na comunidade, mas apenas nas novelas da televisão.

— Até, comadre! Que pena!

— Não se preocupe, a gente combina outra hora!

Iria telefonar para Pedro Ernesto e deixá-lo de sobreaviso. Precisavam ser rápidos para não perder a oportunidade, evitando de tal modo conflitos desnecessários e embates prematuros. Era indispensável tentar detectar sinais sobre eventual abuso praticado por Bento, antes de mais nada.

Caminhou com o coração mais aliviado, rumo à sua casa. Sim, era arriscado atuar na vila em benefício dos mais carentes tentando orientá-los, esforçando-se para planejar eventos sociais que pudessem arrecadar fundos para supressão das inúmeras necessidades que tinham, algo muito além do seu trabalho no posto de saúde. Não era incomum provocar inveja a alguns ou a reação negativa de determinado marido que se sentisse fiscalizado. Mas como Déia poderia ignorar o que a rodeava? Era-lhe simplesmente impossível. A todo momento alguém a interpelava pedindo de pão a aspirinas. E muitas vezes era de conselhos ou apenas de ouvidos que seus vizinhos e vizinhas necessitavam. Déia era, aliás, uma boa ouvinte. Embora fosse objetiva, sempre deixava seu interlocutor desabafar um pouco para tentar captar o intuito da abordagem. Podia ser inacreditável em outros lugares e cidades. Mas em Jenipapo, as pessoas gostavam muito de falar umas com as outras. E frequentemente o que queriam era mesmo jogar conversa fora sem nenhum propósito diverso, manifesto ou não.

# CAPÍTULO 15

Tereza sentia muita saudade de Ana Laura. Sabia que ela estava namorando Daniel, pois a amiga lhe confidenciou a novidade na última vez em que se viram, há um mês. Mas com todas as preocupações que possuía com a família mais o fato de se concentrar nos estudos, com o objetivo de passar no vestibular, teve sua rotina sobrecarregada de tarefas. Precisava espairecer e se divertir com a carinhosa amiga. Ambas se entendiam como verdadeiras irmãs, não as que competem, mas as que se apoiam incondicionalmente, sem deixarem de lado a sinceridade na comunicação. Levou consigo um bolo de mandioca com coco feito por sua tia, Ana Laura adorava aquele quitute. Bateu palmas na frente da porta da casa da amiga, como era costume local, já que quase ninguém usava campainha. A porta estava destrancada e logo foi entrando, já que a intimidade entre elas dispensava maiores formalidades.

— Ana, sou eu, Tereza. Cheguei. Onde você está?

— Estou no quarto secando o cabelo, acabei de lavar. Entra aqui, Teca!

Tereza se surpreendeu ao empurrar a porta do quarto de Ana Laura. Ela estava muito bonita, com uma blusa branca de babados na altura dos ombros, estilo cigana, e uma saia longa da mesma cor.

— Nossa, amiga, como você está linda! Que mal lhe pergunte, aonde você vai?

— Ai, nem me diga... Vou jantar bem mais tarde na casa dos pais do Dani. Estou muito nervosa. Queria te pedir para você fazer uma maquiagem leve, pode ser? Você tem uma mão de artista, não borra nada, faz com perfeição a linha dos olhos com lápis delineador. Eu simplesmente não consigo...

Tereza riu consigo mesma. Como era gostoso ver Ana Laura feliz, arrumando-se com capricho para conhecer a família do namorado! Nem parecia aquela menina sempre quieta e séria na frente dos outros que a acompanhou desde os 9 anos de idade na escola.

— Claro, pode deixar! Tu vai ficar ainda mais cocota, no bom sentido! E vou usar uma sombra bem leve cor-de-rosa clara, que cairá muito bem nas suas pálpebras. Como você está se sentindo? Quero saber todas as novidades e até onde avançaram no relacionamento íntimo, não me esconda nada...

— Ai, Teca, você é terrível, pior que a Paulinha! Aquela é muito adiantada para a idade, mas tu vai direto ao ponto, nunca vi. O que posso te dizer, estou gostando muito do Dani e acho que é recíproco. Estou morrendo de medo de conhecer a família dele, parece que a mãe é meio autoritária e não sei como ela vai reagir ao me ver pessoalmente. Tenho deficiência, é óbvio, não vou me surpreender se ela disser que não é o que deseja para o filho. Ando pensando muito nisso, se ela disser algo do gênero, como devo reagir... Juro que estou bastante mexida e insegura com essa história. Nosso namoro é bem tranquilo, trocamos carícias inocentes e nem de longe ele tentou algo mais íntimo. Daniel me respeita bastante. Mas tenho receios e dúvidas sobre como será quando chegar a hora de maior proximidade física.

— Ana, vamos por partes, ok? Primeiro, fico muito contente em ver que vocês estão se entendendo, que é um amor recíproco. E baseado no que precisa ser, algo bem além de comodidade, atração física ou outro interesse qualquer, como dinheiro. Segundo, é natural tanto você estar insegura com a reação da família ao te conhecer, bem como eventualmente você receber algum tipo de rejeição por parte dela, justamente por idealizarem para o Daniel uma namorada sem deficiência, com atributos X ou Y, algo previsível. Eles não te conhecem. Não sabem a garota linda também por dentro, íntegra e generosa que você é. O que você precisa fazer é se concentrar no seu parceiro e vice-versa. Se ambos são sinceros, não escondem nada um do outro de relevante, porque ainda acho que a individualidade é essencial a todos, inclusive privacidade mesmo num relacionamento a dois, estão felizes, é isso que importa! O resto vai ser enfrentado, adequado, os dois sempre juntos perante esses desafios. Até acho que são esperados mesmo. Vivemos numa sociedade repleta de hipocrisia, ausência de tolerância com o diferente, de empatia. Não é aqui, não somos nós, é o mundo como se nos apresenta. Então, não há novidade. Agora, quanto aos teus receios em ter intimidade física, que igualmente são compreensíveis, até onde eu li nada impede uma cadeirante de ter vida sexual, sentir prazer com isso (temos várias zonas erógenas no corpo além dos órgãos sexuais propriamente ditos), sem obstáculos, desde que você seja fértil, para que gere um filho. Claro, é preciso buscar acompanhamento médico apropriado, com ginecologista e fisiatra, o que certamente não dispensará a ida à capital, quando for o caso. Importante, portanto, que se planejem!

Ana Laura ficou emocionada, sentindo os olhos marejados. Como ela gostava daquela moça.

— Teca, só posso te agradecer. Você sempre tem as palavras certas. Nada é fácil. Não viemos a este planeta para sermos felizes o tempo inteiro. Mas para crescermos e, sim, termos também momentos de alegria genuína. Viver é maravilhoso, mas também inclui o trabalho de se lapidar. Não tenho como deixar de te dar razão.

Tereza sorriu, satisfeita e um pouco aliviada. Tudo o que não queria era ver Ana Laura se menosprezando, dando aos outros o poder de valorizá-la ou descartá-la como objeto. Em virtude das experiências que já havia tido em sua vida pessoal, observando seus familiares e o claro repúdio de algumas pessoas por sua origem quilombola, Tereza havia aprendido que o essencial era não se abandonar. Em qualquer situação. Por fim, acrescentou:

— Ótimo, então estamos conversadas! Vamos agora pensar em te embonecar, vou deixar o seu rosto mais iluminado e colocar um leve blush cor pêssego, que vai combinar com o tom da sua pele. Quero te ver muito bem arrumada e tranquila, combinado?

— Siiiimmmm... concordo. Faça como quiser, confio plenamente no seu bom gosto! E me diga e você, já se decidiu quanto à faculdade? Vai continuar aqui em Santa Cruz, procurar trabalho, enfim, como estão seus planos?

Sem parar de mexer nas madeixas de Ana Laura e encarar fixamente os olhos da amiga, pensando em como preparar a maquiagem, Tereza respondeu:

— Bom, eu acho que não te contei, né, Ana? Minha tia maravilhosa se ofereceu para me acompanhar a Soure caso eu seja aprovada em universidade. Ela vai custear a nossa moradia, alimentação, o básico. Claro né, se eu passar no vestibular, mas eu vou procurar trabalho lá assim que houver notícia positiva quanto à aprovação. Ah, e decidi ser enfermeira, acho que tem muito a ver comigo, sempre gostei de cuidar das pessoas. O que você acha?

Ana Laura deu risada.

— Ah, estava realmente na cara que você iria para a área de saúde! Você nasceu para cuidar dos outros, Teca! Acolhedora, séria, estudiosa. E tem outra qualidade: corajosa. Você não tem receio de quase nada, pelo que eu sei a seu respeito. A não ser barata. Lembra quando estávamos no refeitório da escola, tínhamos o quê, uns catorze anos, e você viu uma barata gigantesca voadora pousando na frente da nossa mesa? Teve até um chilique, lembra? Ai, aquilo foi muito engraçado!

— O quê? Só eu, né, Ana? Pelo que eu me recordo, tu deu um grito mais alto do que o meu e os garotos ao nosso lado ficaram encarnando com a gente! Fiquei com tanta raiva da situação que tirei um pé do tênis e me controlei para não o jogar na cabeça de um deles!

— Sim, lembro muito bem. Você foi mancando com o pé no chão, apenas com a meia, e deu uma porrada na barata com tanta raiva com seu tênis na mão que a bichinha não teve tempo nem de se despedir da existência, foi prensada! Que crueldade...

Ambas caíram na risada partilhando a recordação da adolescência, fase em que, embora fossem menos focadas em desafios da vida adulta, já ostentavam suas características de personalidade. Eram elas mesmas, somente mais retraídas, inexperientes e, em alguns aspectos, inconsequentes. Sem o peso do futuro à espreita, a responsabilidade a ser assumida para ingresso na vida adulta, tudo era mais leve. Porém a convicção que tinham do sentimento de amizade genuína que partilhavam lhes dava força e segurança para enfrentar, de cabeça erguida e peito aberto, os múltiplos obstáculos que certamente surgiriam em seus caminhos.

# CAPÍTULO 16

Genésio passou na casa de Déia por volta de 23h para avisar que estava tudo combinado quanto à pesca com Bento no Anajás no dia seguinte, bem cedinho, o que somente não iria se verificar em caso de chuva, hipótese pouquíssimo provável diante do ingresso do período do verão, já tendo o rio Arari baixado o nível d´água. Déia foi rápida em telefonar para o conselheiro Pedro Ernesto.

— Alô, quem fala?

— Sou eu, Pedro, a Déia de Jenipapo! Me desculpe a hora! Será que você consegue vir amanhã pra cá, trazendo alguma psicóloga pra ouvir aquela garotinha que está nos preocupando? Lembra que te contei que ela mudou o comportamento, está quieta, com ar assustado?

— Claro que me recordo, Déia! Hum, deixa ver... Tem a Joana, uma psicóloga aposentada casada com o Demétrio, outro conselheiro. Quando não temos ninguém escalado, ela nos ajuda, acho que consigo! Ela tem bastante experiência, trabalhou clinicando em Belém e deu aulas em faculdade. Vieram para cá após a aposentadoria e são muito ativos na comunidade. Vou dar meu jeito. Com gitita não se brinca e sei o quanto você é consciente!

— Ai, não tenho como agradecer! Passem aqui na minha casa para tomar café da manhã, vou esperar!

— Combinado. Se houver algum imprevisto, lhe aviso, mas pode contar que iremos. Um abraço!

Ao se deitar, Déia lembrou-se de agradecer em oração a disponibilidade do conselheiro e da voluntária em irem a Jenipapo, sem prévio agendamento. Isso comprovava que existiam pessoas engajadas em trabalhar em benefício do próximo e que a esperança em dias melhores jamais poderia ser aniquilada.

Acompanhada do conselheiro e da psicóloga Joana, uma mulher de cerca de 60 anos, morena de cabelos curtos, altura mediana e um pouco acima do peso, dotada de semblante agradável com o pequeno sorriso e os olhos arredondados miúdos e escuros, Déia chamou por Maria.

— Oh de casa! Maria, tá aí?

Após o ruído de correria e crianças brincando, a porta se abriu. Era Maria, com seu usual lenço na cabeça, uma blusa esgarçada de cor verde desbotada e saia comprida marrom. Estava abatida, com olheiras, aparentando não haver dormido por dias.

— Ãh? Ah, Déia, bom dia!

— Bom dia, Maria! Como vocês estão? Eu trouxe pãezinhos, dois litros de leite, achocolatado, café em pó e manteiga para a merenda da criançada. Gostaríamos de conversar com você e sua filha Zefa. Seria possível? Estou com o conselheiro Pedro Ernesto e a psicóloga Joana.

Os acompanhantes de Déia sorriram com discrição, olhando para Maria.

A última arregalou um pouco os olhos, parecendo haver se assustado. Aquilo não podia ser coisa boa. Mas as crianças estavam com fome, Déia sempre a ajudou como pôde, não era caso de fazer desfeita. Melhor deixar que entrassem. O bom é que Bento saíra por volta das 4h da manhã para pescar longe e, quando isso acontecia, era certo que antes das 18h não retornaria para casa, se Deus quisesse!

— Dia! Podem entrar, não reparem na bagunça...

Maria estava extremamente encabulada. Viver na miséria e com Bento já era penoso. Mostrar sua desgraça para os outros era pior ainda.

A casa estava suja, panos amassados jogados nos cantos do piso. Em cima da pequena mesa havia um prato com farinha misturada com açúcar que algumas das crianças pegavam com os dedinhos unidos, levando-os às bocas. O odor de urina era forte e a feição de fome era compartilhada entre os pequenos. Zefa não estava no cômodo.

Déia fingiu nada notar e já foi procurando um prato e faca para abrir os pães e colocar manteiga que havia trazido, além de leite, achocolatado e açúcar. Tinha que ajudar em algo, respeitosamente.

— Maria, cadê a Zefa, sua filha? Uma menina tão bonita e boazinha, não a estou vendo aqui!

— Ah, ela foi pegar água no rio, já vem. Eu boto para esquentar. Se bem que o carvão está pouco...

— Vou tentar arranjar mais para você com o pessoal da pastoral. Recebem doações e distribuem, você sabe que é pouco e não vem sempre, contudo não custa tentar.

Neste instante, chegou Zefa, com ar entristecido, os cabelos soltos, usando chinelos velhos, azuis. Aparentava cansaço e estava bastante frágil, magra, carregando uma igaçaba um pouco rachada contendo água.

Déia teve a iniciativa de conversar com a menina, para tranquilizá-la.

— Olá, Zefa, tudo bem com você? Viemos visitar algumas famílias aqui perto. Esse moço é de Santa Cruz, uma pessoa boa e trouxe a amiga Joana!

Joana abriu um sorriso simpático e receptivo para Zefa, falando com suavidade.

— Olá, Zefa, muito prazer! Mas esse jarro não está pesado? Quer que lhe ajude?

— Não, obrigada! – Zefa cumprimentou-a com um meneio de cabeça e deixou a igaçaba no canto direito do cômodo, não sem derramar um pouco do conteúdo.

Após Déia e Maria servirem as crianças, aguardando Zefa a sua vez, pois ali estavam apenas os irmãos mais novos, mostrando responsabilidade pelos cuidados destinados aos pequenos, Déia voltou-se para Maria:

— Maria, será que podemos conversar nós duas no outro cômodo, sozinhas? É um assunto importante.

Maria não gostou do tom utilizado por Déia. Alguma coisa ruim devia ter acontecido.

— Sim, claro. Vamos ali.

Entrando em diverso cômodo, igualmente repleto de caos e sujeira, Déia sentou-se no chão, no que foi imitada por Maria, no espaço que lhe pareceu mais livre para tanto.

— Maria, o que nos traz aqui é um assunto muito grave. Não quero que se ofenda, todavia é muito importante prestarmos atenção no comportamento das crianças, especialmente quando ele muda de repente, sem aparente motivo. Sua filha Zefa costuma buscar os irmãos na creche comunitária e sempre se revelou atenta, alegre, disposta a ajudar, comunicativa com todos. De repente, o comportamento dela alterou-se por inteiro. Emagreceu, está tristonha, parece não dormir direito, não está mais pegando livros para ler, não conversa com ninguém... A Joana, aquela mulher morena que veio comigo, é psicóloga e tem um jeito especial para conversar com crianças. Você concordaria com isso? É para o bem da menina. Pode ter acontecido algo sério e ela pode estar com medo de contar qualquer coisa. Não sabemos.

Maria fechou os olhos e suspirou profundamente. Ela estava exausta daquela vida. Desconfiava que Bento estava bolinando a menina de madrugada. Às vezes acordava e não o via a seu lado, levantava e se deparava com ele voltando do outro cômodo ou ajeitando o calção. Não queria acreditar. E não tinha forças para reagir. Iria apanhar. Bem ou mal ele trazia alguma comida para casa. Um conflito existia dentro de si. Não queria que ele fosse embora porque todos morreriam de fome. Se o enfrentasse, o marido podia ser muito violento. Ao mesmo tempo, Zefa era uma criança obediente, nunca lhe deu qualquer motivo para desgosto. Talvez devesse dar a ela ao menos a chance de ser escutada por outra pessoa. Alguém que pudesse entender o que acontecia, orientando-a, quem sabe. Mas possuía receio.

— Não sei, Déia... Não sei... Bento não vai gostar disso, não... Ele traz a pouca comida que temos, não consigo mais...

— Eu compreendo, Maria. Vejo o quanto está difícil para você. Mas pense na Zefa. É sua filha, tem oito anos. Não te peço para tomar qualquer decisão ou atitude. Apenas deixe que a menina seja ouvida por alguém que tem capacidade técnica, tem conhecimento e jeito para conversar com uma criança. E você sabe, ela, a Zefa, não é uma menina de inventar histórias, sempre foi obediente, educada, todo mundo diz isso... Pensa nela, minha amiga...

Maria deixou que duas lágrimas rolassem livremente de seus olhos inundados. Nem sabia que ainda possuía lágrimas em seu corpo combalido, ressequido e faminto. Estava vencida. Ao menos isso, deixar que a menina conversasse com alguém mais preparado que ela, poderia ainda fazer pela filha.

— Tá bom, Déia. Vamos sair, a mulher entra aqui com a Zefa. Ficaremos no outro cômodo. É o que eu posso fazer e rápido, antes que o Bento chegue. Ele não pode saber, senão me mata!

Rapidamente, trocaram de cômodo com Joana e a menina.

Zefa olhava para o chão, com as pernas cruzadas. Estava extremamente embaraçada. Joana começou a falar. A voz dela era suave, pausada. Boa de ouvir.

— Zefa, meu nome é Joana. Estou aqui para conversarmos um pouquinho, pode ser? Não quero te incomodar. Mas às vezes, quando estamos passando por algo difícil, temos que respirar fundo e falar o que sentimos. Nossos incômodos só vão embora quando a gente fala.

Zefa assentiu duas vezes com meneios de cabeça. E começou a chorar baixinho.

Joana apenas a abraçou, com jeito, deixando-a desaguar aquela mágoa profunda, fazendo com que sentisse seu calor morno. Ficou em silêncio, esperando que a calma chegasse minimamente ao coração da criança.

Assim que Zefa parou de chorar, Joana retomou a palavra.

— Sabe, Zefa, quando eu era bem mais nova, eu morei em Santa Cruz com minha família. Era mocinha mesmo. E eu ouvi uma história muito interessante sobre Jenipapo. Você sabia que na época do padre Gallo as crianças aprendiam a nadar no rio?

— Hum? – Zefa parecia surpresa com a colocação, abrindo os olhos brilhantes.

— Sim, o padre teve a ideia de fazer olimpíada de natação anualmente para que as crianças aprendessem a nadar e assim não iriam se afogar no rio. Uma vez no verão, com a água mais baixa, com muitas piranhas, pois aumenta a proporção nessa fase, o padre resolveu organizar um corredor com os moleques batendo violentamente na água, fazendo mopunga para afastar os peixes perigosos. Ninguém se feriu!

— Eu tenho medo de piranha, já levei mordida. Olha aqui meu dedo...

Joana sorriu, examinando o dedo indicador direito da menina com uma cicatriz, felizmente não extensa.

— Entendo, eu também tenho medo. Mas a gente sabe que quando se faz mopunga elas são espantadas, não se aproximam aos montes. O perigo é esse.

— Sim, isso eu sei.

— O que significa?

— Não sei responder, tia.

— Significa que quando as pessoas se unem e pensam juntas, as coisas ruins podem ser evitadas. Um ajudando o outro a não se ferir mais.

— Ah, entendi.

— Então, Zefa. Estou aqui para te ajudar. Se algo estiver te incomodando, se algo te der medo, pode falar para mim. Me disseram que você anda muito quieta e não era esse o seu jeito. Você gostaria de falar comigo? Não vou te forçar a nada. Só se você tiver vontade de conversarmos. Mas pense na mopunga. Tudo tem solução quando pensamos e agimos juntos.

Após um breve silêncio, Joana pôde ouvir a voz baixa da menina que olhava fixamente para o dedo ostentando a cicatriz.

— Tia... meu pai.

— Sim, o que é que tem?

— Ele está fazendo coisa feia comigo. Pegando aqui.

Zefa levantou o vestidinho e apontou em direção à sua vagina, coberta por uma calcinha esfarrapada, de cor branca. A seguir, voltou a chorar, encolhendo as pernas, colocando o rosto sobre os joelhos.

Joana se emocionou. Jamais iria conseguir se acostumar àquilo. Precisava respeitar o momento de Zefa e apenas acolhê-la. Nada mais devia ser perguntado naquele instante. Passou as mãos sobre os cabelos soltos da menina, arrumando-os gentilmente. Esperou que ela parasse de soluçar. Então, lhe disse:

— Está tudo bem! Você foi muito corajosa em me contar isso. Vamos retornar para a companhia da sua mãe e irmãos e não iremos mais falar sobre tal assunto hoje, está bem? Você vai contar o que quiser, à medida que desejar, é um acordo entre nós. Batendo as mãos juntas na água, iremos espantar as piranhas. Combinado?

— Sim, tia. Concordo.

Levantaram-se, alisando Joana o vestidinho da menina. Não tinha palavras para expressar a revolta que lhe ia na alma nesse momento.

# CAPÍTULO 17

Tereza chegou em casa leve. Ver Ana Laura tão bonita, decidida quanto à sua escolha afetiva, aberta para os desafios da vida com inteireza, havia lhe revigorado. Tia Filó estava sentada em sua poltrona preferida, confeccionando uma toalha de crochê com linha em tonalidade natural.

— Boa noite, tia! Que linda essa cor cru da toalha!

— Ah, filha, que bom que você gostou! Também achei bem charmoso o tom, fica algo que parece trançado em fibra, não é mesmo?

— Sim, isso mesmo! Ai, tia, estou muito feliz. Vi a Ana Laura, ajudei a arrumá-la para um jantar com a família do namorado. Agora é só torcer, ele parece ser um cara bacana!

— Ah, filha, não tenho dúvida de que ele deve ser um excelente moço. Mas sabemos, não será fácil...

— Sim. Nunca é. Jamais foi para nossa família, por certo.

— Ah, lá isso é uma grande verdade. Mas o nosso sangue é forte. De gente guerreira que não aceitou se submeter. Você conhece né, filha, a origem da nossa família?

— Tia, meu pai já me contou, mas adoro ouvir a história!

— Ela é bastante triste, mas não é feita somente de dor! Nossos antepassados foram capturados como escravos na região da atual Angola, África, conhecida pelo baixíssimo custo dos escravos. Veja você, na falta de dinheiro em espécie, serviam como moeda corrente os escravos nas trocas do comércio! O colégio da Ordem de Jesuítas recebeu nossos ancestrais como escravos a título de contribuição obrigatória arrecadada entre chefes locais, os sobas, por imposição da coroa portuguesa. Alguns desses escravos foram vendidos para pagar as despesas dos jesuítas. Entre outros, que vieram para o Brasil tendo por destino colégios da Ordem em Salvador, estavam Agu e Imani. Foram rebatizados com nomes portugueses e embarcados em navio negreiro como "peças isentas de impostos". Agu passou a se chamar João Batista e Imani, Inês Maria Batista. De lá acabaram por serem deslocados para um posto da Ordem dos Jesuítas no Marajó. Apaixonaram-se, tiveram filhos. Não era uma família comum... As crianças eram afastadas das mães, homens e mulheres igualmente. Os jesuítas instalados no Marajó, na região dos campos, começaram a criar gado e receberam muitas terras a título de doação, legados de fiéis abastados. O aumento do poderio desses religiosos, que acumulavam riquezas, provocou a reação dos portugueses, que os expulsaram, tomando-lhe os bens. Os filhos dos nossos ancestrais, já no século XIX, fugiram da Fazenda Santana para a região do Gurupá onde, com outros escravos, constituíram uma organização quilombola. Desde então, nossa família ocupa a terra, na qualidade de remanescentes do quilombo Gurupá, vivendo da extração do açaí e do que a natureza fornece para sobrevivência, pacificamente, apenas defendendo a si mesma e a área que legitimamente ocupa. O que temos conhecimento, não é nada singelo, com invasores, fazendeiros que adquiriram terras com títulos questionáveis, vez que se trata de terras públicas, não desafetadas, além de toda a sorte de dificuldades por nós bem sabidas. Agora, embora a área tenha sido certificada como quilombo remanescente pela Fundação Cultural Palmares, estamos lutando pela titulação da terra, informando ao Incra, o Instituto Nacional de Colonização e Reforma Agrária, que os imóveis rurais abrangidos pelo território quilombola estão em fase de desintrusão, ou seja, retirada dos ocupantes não quilombolas, existindo até um processo para essa finalidade.

— Sabe, tia, eu apenas imagino o quanto nossos antepassados devem ter sofrido sendo trazidos à força da África, maltratados, expostos a toda sorte de torturas e abusos. E saber que ainda tiveram energias para lutar pela liberdade, ajudando a compor um quilombo, mesmo com tanta desproporção de armas e condições de enfrentamento, é algo heroico!

— Sim, filha. Eles tinham uma fibra que não sei se nós, acostumadas às comodidades da cidade e sob condições mais dignas de existência, teríamos. Foram imensamente bravos.

— Tia, é inacreditável, não? Me angustia só de imaginar o que experimentaram. Nosso país foi o maior território escravista do hemisfério ocidental por quase três séculos e meio! Recebeu sozinho 40% do total de escravos embarcados para a América. Também foi o Brasil o último país do continente americano que aboliu a escravidão. Isso é sério demais e, por evidência, gerou consequências profundas em nossa sociedade. Além de sentirmos isso pessoalmente, não há como racionalmente negar!

— Então, filha, sim, você está correta! Foi uma barbaridade. Mas na minha concepção, conhecermos a história de lutas de nosso povo além de necessário é crucial para que possamos nos valorizar, inclusive protestando quando nossos direitos são ignorados. Não é para nos amargurarmos simplesmente ou odiarmos brancos ou europeus. Existiam pessoas negras na África que traficavam escravos, incluindo alguns retornados, ex-cativos brasileiros chamados de agudás, parte deles expulsa da Bahia depois da revolta dos malês, outra chegou ao continente africano porque teve interesse e possibilidade a propósito, após obtenção da alforria.

— Eu sei que meu pai está certo em defender o território, principalmente quando alguém me lembra a respeito da perseverança de várias gerações de nossa família na ocupação regular da terra. Também não compreendo qual o motivo de até mesmo outros agricultores modestos, não latifundiários, nos acusarem de sermos pessoas abusivas, reclamando a nossa terra. Até onde eu sei, usucapião é uma forma de aquisição da propriedade, está na lei. Se a posse de boa-fé, pacífica e ininterrupta por determinado espaço de tempo gera esse direito para qualquer pessoa, por qual razão seria diferente com nossas comunidades? Eu sei, está na Constituição Federal ainda por cima, mas é um raciocínio básico.

JENIPAPO

— Pois é, Tereza, garota esperta! Por isso gosto de te ouvir, você sempre me provoca novas indagações e me obriga a pensar. Não posso dar uma resposta positiva a isso. Sei que a Justiça muitas vezes rejeita os invasores de nossas terras e seus papéis. Mas é complicado, há formalidades, até que se consiga essa legalização existem muitas ameaças, invasões, violência, problemas diversos para as comunidades resistirem, inclusive com falta de serviços públicos básicos, como água encanada, esgoto, estradas de acesso, luz.

— Sim, tia. Por isso estou aqui com a senhora e não com meus pais na área do quilombo. Entendo, sim, a preocupação deles. Ouvimos tantas notícias ruins sobre tocaias, mortes, destruição das áreas, é um barril de pólvora. Contudo, penso que realmente não podemos desistir. Além de nossa ocupação ser legítima, a senhora sabia que as comunidades tradicionais, como as quilombolas e as indígenas, ajudam a conservar o meio ambiente? As técnicas de extrativismo e cultivo não são nocivas, os costumes são observados por gerações que se sucedem. O próprio modo de vida das comunidades inclui a natureza, não a usa e descarta, não a aniquila nem despreza. Sabemos que somos parte da natureza.

— Filha, tem sentido o que você disse. Honramos nossas tradições culturais, religiosas e os nossos hábitos de cultivo da terra e retirada de frutos e alimentos. Dependemos da terra. É natural que a respeitemos!

— Eu acho, tia, que tem gente que sequer imagina o que seja isso. Fidelidade aos próprios princípios, conservação de costumes, valorização de sua cultura. Eu fico pasma quando percebo o quanto a riqueza natural do Marajó é desprezada. O quanto se polui, desmata, destrói a natureza em sua integralidade. E pensa bem, tia, a senhora não acha estranho que justamente o ser humano seja desconsiderado em sua importância? Falo da miséria. Vemos a miséria absoluta no Jenipapo, mas não somente, em vários lugares aqui no Marajó e no próprio país. Não deveríamos dar maior valor às pessoas? Agir efetivamente para que saíssem desses contextos extremos de carência cabal?

— Ai, filha, claro que sim! Adoro animais, você sabe o quanto o nosso cachorro Chuvisco é por nós amado e cuidado! Não lhe falta alimento, carinho, abrigo. E sim, ele merece ser bem tratado, é um filho de Deus que nos dá muito amor. Mas quantas crianças até mesmo aqui pertinho não têm um terço do que ele recebe?

O vira-latas Chuvisco, de cor negra com manchas brancas na altura dos olhos, levantou as orelhas ao ouvir seu nome, voltando a ressonar pouco tempo depois. Tereza não pôde deixar de sorrir ao vê-lo interagir, como conseguia.

— Sim, tia, é sobre isso. Se não podemos cuidar dessas crianças, abrigá-las diretamente, é importante que a gente tente participar de alguma organização ou campanha séria, como nos for possível. Não somente dinheiro. Às vezes um trabalho voluntário, de vez em quando. A gente precisa parar para fazer algo assim.

— Tem razão, Teca. Quando formos para Soure, o que se Deus quiser será logo porque você é uma menina inteligente e estudiosa, após a gente se organizar eu vou tentar me inscrever em algum trabalho voluntário na igreja do bairro. Sempre tem gente disposta a fazer uma boa ação.

— Tia, nem me fale que já fico nervosa! Não sei se irei passar! Não tenho certeza de nada, não quero decepcionar a senhora e meus pais!

— Pode parar, Tereza! Você já é uma mulher feita. Se você não conseguir na primeira, poderá tentar uma segunda, terceira, quarta vez. Não tem problema, nós lhe conhecemos. Você é empenhada, é séria até demais para o meu gosto. Quando tinha a sua idade eu não parava de namorar e ir às tardes dançantes nas casas das minhas amigas do colégio porque nessa época eu morava em Belém com meus padrinhos.

Tereza riu, sua tia foi provavelmente impossível na sua idade.

— Ai, tia, obrigada...

— Não precisa me agradecer, somos família e esse é o real significado de ser família. Nós nos apoiamos tanto nos momentos bons como naqueles não tanto. Precisamos honrar todos os esforços de nossos antepassados, que nos trouxeram aqui, ao presente. Nossa vida precisa ser bem vivida. Nada pela metade. Nada perdido na frustração e na angústia. Muito menos sem nos valorizarmos como merecemos. Lembre-se sempre disso.

Tereza ficou mais compenetrada.

— Prometo, tia. Não vou esquecer jamais. Por mim e por minha família.

— Eita que tá séria demais essa menina! Vamos lá, o que você quer comer? Fiz arroz branco e um mexido com farinha de milho e carne de búfalo, está bem temperado o prato e a carne está tenra.

— Ai que delícia, tia! A senhora cozinha muito bem, é uma tentação! Vou apenas tomar um banho rápido, pode ser? Está calor, quero colocar um vestido leve, assim fico mais à vontade.

— Claro, filha, vai lá. Já vou esquentar a comida. Relaxe, essa cabecinha anda muito cheia de preocupações. Você vai conseguir tudo o que desejar!

— Deus queira, tia!

— Ele quer. Ele sempre quer o que é melhor para você.

# CAPÍTULO 18

Daniel adentrou a sala de estar de sua casa empurrando a cadeira de rodas de Ana Laura, após trazê-la pontualmente às 19h10, horário de costume da feitura de refeições por sua família. Ele sabia, a mãe não gostava de atrasos...

Beatriz, a mãe de Daniel, estava acabando de colocar os talheres ladeando os pratos. Olhou atenta e com ar francamente de pesar em direção ao casal, seu filho e Ana Laura, permanecendo calada. Seu Antonio, pai de Daniel, levantou-se da poltrona em que lia o jornal da gazeta municipal e, abrindo um simpático sorriso, veio receber Ana Laura.

— Ai, que bom que você veio! Daniel não para de me falar a seu respeito, vejo que não exagerou em nada, é uma linda moça!

Ana Laura sentiu o rosto corar, subindo-lhe um calor indizível instantaneamente.

— Obrigada... seu... Antonio! Imagina, que exagero...

— Exagero nada! Fique à vontade, quero que você se sinta em casa.

Nesse momento Lurdinha, a irmã mais nova de Daniel, veio correndo do quarto, usando shorts e uma camiseta de alças com listras nas cores branca e azul marinho. Embora já estivesse na adolescência, era ainda uma menina crescida, bastante meiga e alegre.

— Oi! Pode me chamar de Lurdinha! Que legal que você está aqui, vamos ser amigas?

Ana Laura apenas pôde sorrir em retribuição a esse carinho. Todavia, o fato não neutralizava o ambiente pesado em decorrência da nítida contrariedade da mãe de Daniel em relação à sua presença.

Olhou rapidamente ao redor. A casa era muito bonita, possuía móveis novos, em cores claras, almofadas com motivos

JENIPAPO

de natureza, tais como pássaros, plantas, igualmente existiam flores coloridas em diversos vasos distribuídos pelo cômodo amplo. As janelas estavam abertas e um vento ameno, fresco, passeava pelo recinto, tornando-o ainda mais confortável.

Quando em um breve momento se fez um sugestivo silêncio, Ana Laura ouviu a voz de Beatriz.

— Antonio, por favor traga a moça aqui perto da mesa, vou já colocar os pratos.

O marido ficou sem graça pelo fato de Beatriz dirigir-se a ele sem olhar para Ana Laura. Ela não a havia cumprimentado o que não passou despercebido por parte de Daniel, que já travava o maxilar, como era seu costume quando ficava nervoso.

Lurdinha facilitou as coisas com sua meninice vibrante.

— Vamos, Ana, te ajudo a ficar ao lado do Dani e do meu, tá bom? A mãe fez bolinho com carne de caranguejo de entrada, você gosta? A gente adora, é uma delícia e ela tem um segredinho, coloca um pouco de queijo de leite de búfala que derrete dentro do bolinho, hum...

Ana Laura, absolutamente sem graça, somente pôde sorrir mecanicamente. Sentia-se diminuída pelo comportamento frio da mãe do namorado. Não era implicância, percebia que Daniel, a irmã e o pai estavam tensos, receosos mesmo...

Sentaram-se conforme Lurdinha adiantou, defronte a uma mesa redonda, bem adornada com louças brancas, talheres, copos, toalha e guardanapos verdes.

Beatriz pouco falou durante o jantar, concentrando-se na tarefa de colocar as travessas fumegantes sobre a mesa, perguntando educadamente a Ana Laura se estava tudo bem, se queria mais suco de bacuri ou uma porção a mais dos quitutes que bem preparou. Ela não escondia sua infelicidade, conforme o respectivo semblante externava. Dir-se-ia, numa observação mais atenta, que Beatriz lutava consigo mesma para não explodir verbalmente e acabar com a refeição.

Findo o jantar e degustada a sobremesa, consistente em doce de jenipapo em calda com requeijão feito com leite de búfala, foi a vez de Beatriz se manifestar.

— Lurdinha, vai pro seu quarto, filha. Agora vou servir o café para os adultos e você não pode tomar café à noite, pois não dorme depois.

— Ah, mãe! Não, eu quero ficar com a Ana Laura! Deixa, vai!

Antonio até arriscou uma encabulada intervenção.

— Bia, deixa a menina, ela está tão feliz!

Não foi preciso que a mãe de Daniel falasse mais qualquer palavra. Bastou o seu olhar furioso em direção ao marido para que ele, após longo suspiro e dando de ombros, resignadamente cumprisse a deliberação.

— Bom, filha, vai sim pro seu quarto ver TV. Depois vocês conversam, não vai faltar oportunidade!

Daniel se mantinha mudo e tenso, apenas observando os gestos e as frases proferidas pelos pais.

— Ai, tá...

E, voltando-se para Ana Laura, disse:

— Não vá embora sem falar comigo, combinado? Se eu estiver dormindo, me acorde para te dar um beijo de boa noite.

Ana Laura não pôde deixar de concordar com Daniel de que não havia como não se apegar a sua irmãzinha, ela era muito carinhosa. Apenas concordou com um gesto de cabeça.

Beatriz ordenou, como uma verdadeira imperadora do lar:

— Vamos para o sofá, vou servir o café agora.

Houve um vácuo de quietude e embaraço compartilhado com o modo impositivo utilizado pela mãe de Daniel. Afinal, Ana Laura não era sua filha, tampouco estava submetida às suas determinações, quaisquer que fossem. A forma como ela falou foi francamente autoritária.

Ao olhar para o namorado, Ana Laura percebeu que seu estado de humor havia piorado porque estava com a cor do rosto alterada, um pouco suado, sério ao extremo, contraindo os lábios de maneira firme, travando a arcada dentária em movimentos intercalados. Apenas o calor de sua mão denunciava seu firme propósito em não a deixar de modo algum, como se pressentisse algum risco de separação repentina.

Daniel posicionou Ana Laura ao lado de uma cadeira do jogo de jantar, que ele deslocou, sentando-se. Antonio deixou--se afundar na poltrona que fazia composição com o sofá, da mesma cor e tecido. E à Beatriz coube quedar-se no amplo sofá confortável, repleto de almofadas, sozinha. Ela depositou sobre a mesinha de centro uma bandeja com café, um conjunto completo de xícaras pequenas acompanhadas de colheres, açúcar, adoçante e uma pequena travessa contendo sequilhos frescos.

Após mais instantes do silêncio reticente, Beatriz tomou vigorosamente a palavra.

— Sabe, Ana Laura, não sou de fazer rodeios, sou uma mulher bastante direta. Você me parece uma boa menina e sinto muitíssimo por você ser paraplégica, deve ser muito duro isso. Também sei que você perdeu seus pais bastante cedo, uma tragédia... Mas a verdade é que você não serve para o meu filho, quanto antes vocês acabarem com esse namorico vai ser melhor para ambos, porque não irão sofrer...

— O que é isso, mãe?! – interrompeu bruscamente Daniel, elevando o tom de voz.

Antonio, altamente embaraçado com a crueza das palavras da mulher, tentou amenizar a situação:

— Espera, Dani. Bia, não é assim, estão começando a namorar. Você está sendo indelicada com a moça...

Beatriz continuou, resoluta, olhando firmemente em direção a Ana Laura, que já sentia o coração parado e um nó imenso sufocando-lhe a garganta.

— Ana Laura, não tenho nada contra você, mas entenda a minha posição. Eu não criei um filho para ser cuidador de uma deficiente, é o que você é! Desculpe, mas não é esse o futuro que meu filho merece! Pode ser agora um namorico, mas as coisas irão no futuro se complicar, é melhor cortar o mal pela raiz...

Daniel gritou.

— Mal pela raiz?! O que a senhora está dizendo, minha mãe? Nunca imaginei que a senhora pudesse agir assim! Então eu trago a minha namorada aqui e a senhora a humilha? Pior, decide o nosso futuro e me ignora completamente como se eu fosse uma criança de colo? Como assim, que absurdo!

Ana Laura continuava quieta. Não sentia possuir voz e estava extremamente angustiada.

Antonio contemporizou:

— Daniel, calma, vamos conversar! Sua mãe tem o ponto de vista dela, mas o que ela quer no fundo é o seu bem, brigar apenas irá piorar as coisas, somos uma família!

Daniel devotava ao pai amor e respeito profundos. Ele era seu melhor amigo. Sabia que, em qualquer situação, seu pai não o abandonaria nem deixaria de estar presente. Ainda que pudessem ostentar opiniões distintas. Após se tranquilizar, respirando fundo por vezes sucessivas, baixando o tom de voz, começou a falar com clareza, pausadamente:

— Eu lamento, mãe, que a senhora não tenha pensado em como a Ana Laura iria se sentir com as suas palavras a desmerecendo. Como se fosse uma inválida, totalmente incapaz para todas as atividades humanas. Como se ela se limitasse ao que ela não possui: capacidade de andar com as próprias pernas. Porque eu não vejo apenas o que lhe falta. Vejo o que ela tem em abundância. E ela é a mulher da minha vida, quer a senhora aprove ou não. Eu ficaria muito feliz se pudéssemos todos conviver em paz como fizemos até hoje. Mas se a senhora não quiser ou não puder, saiba que eu continuarei a minha vida ao lado de quem eu amo.

Beatriz ficou lívida. Não estava acreditando no que ouvia. Daniel nunca falou com ela com tanta gravidade. Não era mais um menino. Seu filho havia se tornado um homem.

Antonio já não tinha palavras, olhava fixamente para o tapete. Estava aturdido, esperando alguma reação mais intempestiva ainda da mulher...

Ana Laura finalmente se manifestou:

— Dani, desculpe, não quero provocar nenhum desentendimento entre vocês. Por favor, não estou me sentindo bem, quero ir embora...

Daniel alterou sua postura belicosa, como se houvesse sido despertado de um pesadelo. Olhou para Ana Laura demoradamente, analisando-a.

— Desculpe, Ana, você passar por isso... Vamos, sim... já!

Beatriz não se conteve.

— E você, menina? Vai se fazer de vítima? Ficar quieta? Diga algo, já que está me separando do meu filho!

Ana Laura queria desaparecer dali. Não podia ser verdade que aquela mulher não se contentasse com tamanha discórdia. Como aprendeu desde cedo, precisava ser forte. E falar com sua própria voz.

— Não estou me fazendo de vítima, dona Beatriz. Agradeço o seu jantar, tudo perfeito. Não tenho intenção de separar ninguém. Entendo que a senhora, como muitas pessoas, tenha um olhar voltado a uma pessoa com deficiência como se esta fosse o resumo, o substrato do indivíduo. Como se eu significasse apenas o que não ostento. Abstraindo por completo a pessoa que eu sou, minhas qualidades e, sim, defeitos, como é natural que todos tenhamos, não é mesmo? Então, sendo esse um olhar seu que não me diz respeito, não me sinto ofendida, na verdade. Sou muito amada pela minha família, amor que eu retribuo do fundo do meu coração, assim como o que eu sinto por seu filho. Tenho orgulho de todas as dificuldades que já atravessei e superei com a ajuda de pessoas especiais. Sou muito grata por tê-las ao meu lado. E sou feliz por ser eu mesma. Então, não me cabe dizer o que o Daniel deve livremente decidir quanto aos sentimentos dele. Apenas respondo por mim mesma. E não tenho vergonha em dizer que eu o amo. Querer bem a uma pessoa não é motivo de depreciação. É, sim, uma capacidade incomum nos dias de hoje.

Daniel sentiu alegria íntima e mais do que isso: uma certeza. Ele havia tido muita sorte em havê-la encontrado.

# CAPÍTULO 19

Déia adorava preparar o café da manhã para os filhos com capricho, quando voltavam a Jenipapo nas férias escolares. O semestre havia voado, também tantas atividades, preocupações, festas, eventos da comunidade, problemas também e dos grandes. Sempre conversava com eles por meio de ligações telefônicas ou por intermédio de aplicativo de mensagens no celular, mas certamente tê-los ali, ao alcance de um abraço, era outra coisa A mesa estava repleta das guloseimas de que eles mais gostavam, como bolo de rolo, de mandioca, pão de leite, queijo de leite de búfala, café, leite, além de frutas variadas.

Ela os olhava toda orgulhosa. Era uma satisfação ver os filhos crescidos, bem de saúde e se encaminhando na vida. Felizmente ambos eram responsáveis e bastante estudiosos.

— Romualdo, quer que eu faça uma tapioca de queijo? Tu adora!

O filho, com a boca cheia de bolo de mandioca, assentiu com a cabeça, pois se falasse antes de engolir o alimento poderia receber um golpe inesperado da mãe, como já havia ocorrido inúmeras vezes quando era criança. Tratava-se de um trauma, dona Déia não negociava com a boa educação dos filhos.

— Ai, mãe, e eu? Só para o seu filho preferido do coração, é?

— Filha, não seja injusta, eu já ia acrescentar se você quer também uma tapioca de coco com leite condensado, que você ama...

— Hum. Quero sim, minha mãe! Mas estou de olho, hein, não vou deixar a senhora papaparicar o Romualdo, ele já é mimado demais!

Pedro Luís, marido de Déia, riu gostosamente com o retorno ao lar das mesmas brigas e confusões dos irmãos que, embora não se desgrudassem, não viviam sem implicâncias recíprocas.

JENIPAPO

Tapiocas prontas e servidas, Déia sentou-se para tomar mais um gole de café com a família.

— Ai, gente, este semestre foi tão difícil aqui na comunidade! Tanta desgraça!

Rosilda, sua filha, completou o copo com suco de abacaxi.

— Como assim, mãe? O que foi que aconteceu de grave?

— Ah, filha. Judiação com criança, eu não me conformo com isso! Me corta o coração...

Pedro Luís acrescentou:

— A mãe de vocês está certa, tem coisas que não conseguimos compreender por mais que estejamos empenhados nisso. Vocês por acaso lembram do Bento, pescador, casado com a Maria? Tem vários filhos o casal?

Após devorar sua tapioca, Romualdo respondeu:

— Sei sim, meu pai, quem é. Não é um troncho que vive caindo de bêbado e mal sai para pescar?

— Ai, não lembro. Quem é, hein? – perguntou Rosilda.

— Você não deve se recordar, filha. Ele não é o único que se perdeu na bebida por falta de trabalho, desespero, angústia ou amor ao vício pura e simplesmente – disse Déia.

— E então, minha mãe, o que foi que ele aprontou? Boa coisa não fez.

— Ah, gente, inacreditável... Estava abusando da filha, a menina tem se tanto oito, nove anos, não mais! Eu recebi um aviso de que a garota havia mudado subitamente seu comportamento social. Emagreceu, estava introvertida, aparentando cansaço... um horror. Com a ajuda de amigos, conseguimos conversar com a mãe, com a menina. E o Conselho Tutelar de Santa Cruz teve que intervir para separar a criança do pai agressor sexual.

— Nossa, mãe, que tristeza! Uma garota gita! É de arrasar qualquer um! Mas o que aconteceu com ela? – o rosto de Rosilda assumiu ar extremamente preocupado.

115

— Veja bem, filha, quando a gente denuncia uma suspeita de violência sexual, quando toda a comunidade age para repelir, não tolerar qualquer forma de abuso, o que nós desejamos é em primeiro lugar que a violência cesse. Queremos proteger a vítima, afastá-la do contexto que lhe é prejudicial. Isso é necessário embora não seja fácil para ninguém – disse Déia, concentrada.

— A situação foi bem complexa. Ela, a menina, teve que ficar dois meses sob acolhimento institucional em Santa Cruz, afastada da família. Depois, como Edivirges, a voluntária que percebeu a mudança de comportamento da criança, se cadastrou para atuar na qualidade de família acolhedora, que são pessoas que provisoriamente cuidam de uma criança em situação de risco, ela voltou pra cá. Quanto a Bento, ele foi preso por estupro. Está detido até agora. Maria, a mãe da menina, pouco a vê. Já não se encontrava bem de saúde, inclusive emocionalmente. Está em estado depressivo e os vizinhos e a comunidade estão ajudando como podem com alimentos, remédios e prestando cuidados aos seus outros filhos.

— Mas mãe, por que a menina somente pode ficar provisoriamente com a Edivirges? – inquiriu Rosilda, bastante interessada.

— Porque, além de Edivirges já ter uma família numerosa e não possuir condições de adotar a criança, a própria lei proíbe que a família acolhedora adote o menor. Para a lei em primeiro lugar se deve buscar o restabelecimento das condições para que os próprios familiares do incapaz cuidem dele, inclusive tentando-se soluções perante a família extensa, avós, tios etc. E a legislação proíbe a adoção nesse caso.

Foi a vez de Romualdo se pronunciar.

— Mas e aí, como faz? A família é totalmente desestruturada, mergulhada na miséria e em inúmeras dificuldades! Será que tem algum parente que poderia cuidar da criança? E ela não está sofrendo longe da mãe doente, dos irmãos? Ela não quer voltar para casa?

— Filho, não tenho respostas prontas para essas indagações que são minhas também. A extrema pobreza tem uma faceta tão devastadora que, por incrível que possa parecer, Maria teve uma reação adversa à saída do marido de casa, sua prisão. Ela não quer ver a própria filha que não protegeu. Tem, sim, o fato de que Bento, ainda que mais se embriagasse do que fizesse serviços, trazia um pouco de peixe para ela e os pequenos que, salgados, são a base da alimentação do povo daqui. Não há roçado, não existem áreas para criação, não tem comércio para turistas, que são raros e mais aparecem nas festas ou quando a comunidade é visitada pelos próprios parentes. E pelo que eu saiba, Maria e Bento não têm parentes em Santa Cruz ou mesmo aqui. Os pais dele morreram, era filho único. E ela veio do Piauí. As autoridades irão fazer as verificações possíveis, mas eu concordo que a situação é bastante delicada. No limite, se Maria não melhorar, não apresentar um comportamento assertivo no sentido de cuidar bem da própria filha, é possível que aconteça a destituição do poder familiar e a criança vá para adoção. Mas como não é uma criança de pouca idade, ela terá menos chances de ser adotada, em virtude do perfil.

— Nossa, minha mãe, que tristeza! Gostaria que pudéssemos ajudar! – disse, melancólica, Rosilda.

— Déia, por que não nos cadastramos para adotarmos essa criança? Sei que não é garantido, que após o cadastro tem uma ordem que precisa ser observada quanto aos adotantes, mas como vivemos na mesma região e ela não tem o perfil atrativo pela idade, quem sabe não possamos ter uma chance? O que vocês acham?

Romualdo e Rosilda verbalizaram em uníssono:

— Claro!

Rosilda argumentou:

— Ai, minha mãe, vocês ficam tão sozinhos aqui enquanto estamos em Belém, será que também não seria bom para vocês?

Déia estava absolutamente chocada com sua família. Mal tinha tempo para si mesma e jamais passou por sua mente a possibilidade de começar tudo de novo, criando uma menininha. Mas, pensando bem, não era avessa à proposta. Doeu-lhe nas profundezas da alma ver aquela criança tão bonita e meiga sofrendo. Não teria dificuldades para amá-la se tivesse chance de maior contato. Após ficar estupefata, disse simplesmente:

— Gente, assim vocês me matam do coração! Pedro, como é que você me vem com uma dessas na frente dos meninos?

Pedro Luís caiu na gargalhada. Conhecia a esposa como ninguém e já adivinhava a reação dela. Dava lá suas broncas, mas tinha um coração de ouro.

Déia acrescentou:

— Depois conversamos... Quem sabe? Podemos tentar, sim!

Embora inexistissem garantias, como de resto a vida não as franqueia a ninguém, a simples perspectiva de que Zefa pudesse ter um lar harmonioso onde fosse protegida, orientada e amada, caso naufragassem as medidas viáveis para reestruturação de sua família de origem, já era promissora.

# CAPÍTULO 20

Daniel resolveu dar um presente especial para Ana Laura no dia de seu aniversário. Comemoravam também dois anos de namoro. Decidiu levá-la a Cachoeira do Arari para que conhecesse o Museu do Marajó, fundado pelo padre Giovanni Gallo, saudoso religioso, atributo que jamais deixou de ostentar, apenas tendo formalizado pedido de desligamento da Companhia de Jesus por haver sido premido a tanto, em decorrência de posturas de alguns integrantes da aludida ordem. Era conhecida a história, a propósito, pois o padre havia solicitado exclaustração, ou seja, mero afastamento de sua paróquia para cuidar do Museu do Marajó, o qual fora rejeitado por Santa Cruz do Arari e deslocado para a cidade de Cachoeira, sem qualquer restrição às atribuições sacerdotais. O pedido foi interpretado de forma equivocada e tolhidas as funções afetas ao sacerdócio em detrimento do padre. Diante disso, não lhe restou outra alternativa salvo postular a demissão da Companhia de Jesus, o que resultou em uma imensa amargura. Ser padre era sua vocação, até mesmo sua identidade.

Daniel pediu ao tio, Miguel, ao qual coube a administração do negócio do avô consistente na locação de embarcações para deslocamento pelos rios do Marajó, que lhe emprestasse uma voadeira com alguém para pilotar. O tio fê-lo prontamente, solicitando a um subordinado que levasse o jovem casal até Cachoeira do Arari. Daniel fez questão de pagar o combustível, cujo valor era elevado, apenas não custeando o trabalho do piloto porque já era remunerado pelo tio. Essa disponibilidade era raríssima na região, pois o serviço para deslocamento por meio de embarcação rápida, não coletiva, era muito dispendioso e a contratação de particulares no mais das vezes era impraticável, em virtude do custo desproporcional cobrado pelo serviço.

O dia estava claro e agradável. Saíram cedo e se distraíram olhando a vegetação das margens do Arari, que mais se assemelhava a jardins bem tratados, tamanha a beleza. Muitos pássaros, capivaras, búfalos e bovinos nas margens e dentro d´agua, em suas cercanias. A cadeira de rodas de Ana Laura foi desmontada e ela ficou atada com cinto de segurança em um assento da voadeira, próximo a Daniel. Este apenas ficou apreensivo na travessia do lago Arari o qual, tendo a influência marítima desde que fora feito o canal do Tartaruga conectando-o à contracosta, ficou com as águas mais revoltas, sob ondulações de porte elevado.

Após a chegada a Cachoeira do Arari e tendo combinado o horário de retorno com o piloto Aparecido, saiu Daniel tranquilamente com Ana Laura pela cidade. Viu a igreja, a praça bem cuidada. O Sol ainda não estava intenso e os meninos jogavam futebol num campinho, não longe da praça. Caminhando calmamente, chegaram ao museu sem dificuldades. Ana Laura estava se distraindo, não parava de prestar atenção em todos os detalhes das casas, do comércio, das pessoas que se cumprimentavam nas ruas e eram muito receptivas. Todas as vezes que paravam para pedir alguma orientação a respeito da localização do museu, eram atendidos com atenção e simpatia. Há muito tempo Ana Laura desejava conhecer o fruto do trabalho desse grande homem que foi o padre Giovanni Gallo. Museólogo, fotógrafo, jornalista, escritor e, acima de tudo, alguém que olhou para o povo do Arari, os desvalidos, com compaixão, trabalhando arduamente para que sementes fossem plantadas com o escopo do advento de um novo amanhã. Com desenvolvimento social, educação e melhores condições de vida. Com esperança em outros tempos, superando-se a estagnação imposta pela avassaladora miséria. Por intermédio do museu o padre almejava incrementar desenvolvimento social.

Já ficaram impressionados na entrada do museu com a organização e o excelente atendimento dos funcionários. Ao adentrarem, tiveram uma surpresa com as primeiras peças expostas e a natureza interativa e inteligente em que fora estruturado o museu. Eram tantas coisas para observar! O que mais impressionou a Ana Laura foi o olhar do pai do museu, compartilhado com os visitantes, para a riqueza e raridade tanto de peças com centenas ou milhares de anos, como alguns fósseis de peixes incrustrados em pedras e cerâmicas marajoaras, quanto para tudo que conforma o Marajó: fauna, flora, pessoas, história, línguas, hábitos, religião, arte. Com pouquíssimos recursos, o museu foi concebido para ser interativo, para instar a participação e descoberta pelos frequentadores das informações sobre o universo do povo, resultado da miscigenação entre indígenas, negros e europeus, mescla que conformou os atuais habitantes das terras da ilha. Existiam todos os dados relevantes sobre piranhas, peixes cuja periculosidade sempre receou Ana Laura, bem advertida de que jamais deveria tocar a água do lago pelo risco de ser mordida, justamente pelo excesso de zelo de sua família. Na realidade, esse risco era maior no verão seco e Ana Laura em sua vida inteira realizou poucos passeios de barco, até mesmo pela dificuldade de locomoção de uma pessoa que tendo deficiência, sempre se deparou com a falta de veículos adaptados para deslocamento seguro.

— Dani, como as piranhas são assustadoras. Você não acha?

— Sim, são realmente feias e ferozes! Ana, você se lembra da história de que o padre Gallo teve a ideia de embalsamarem piranhas e venderem para europeus como lembranças do Marajó? Achei curioso esse episódio. É verídico, deu muito certo, foram angariados fundos que custearam obras em Jenipapo. Mas como alguém poderia pensar num troço desses? O cara era genial!

Ana Laura riu, gostosamente.

— Verdade, certamente eu não pensaria nisso. Fico arrepiada só de mirar a foto desse peixinho mau encarado! Olha, Dani, esses crânios de búfalos, bois, as vestimentas dos vaqueiros! Tem canoas, tem até o mastro da festa do glorioso São Sebastião!

— Sim, eu vi! A festa acontece no mês de janeiro e se resume ao conjunto de rezas, ladainhas, folias, comidas típicas, procissões. É bonito de se ver! São Sebastião é o protetor do homem marajoara, do vaqueiro, do homem dos campos, que protege os animais para que não adoeçam, zela por todos para que a seca não se instale, a fim de que inexistam inundações e haja abundância. De resto, cada fiel faz o seu pedido, não é mesmo?

Ana Laura riu.

— Ai, Dani, você é muito engraçado. E lá fora, o que tem?

— Um jardim, antes podemos ver os cômodos que o padre Gallo ocupava, seus livros, alguns objetos pessoais, máquinas fotográficas.

— Vamos olhar o jardim?

— Vamos, sim, depois vemos a parte restante. É tão interessante ficar lendo as informações nas plaquetas e nos murais que se deixar a gente fica aqui o dia inteiro. E já estou com fome.

Passando para a área externa, depararam-se com o túmulo do padre Giovanni Gallo, cujo último desejo foi o de ser enterrado junto à sua obra, o Museu do Marajó.

— Olha, Dani! Vamos rezar pela alma do padre?

— Vamos, sim.

Após respeitosos momentos de silêncio e orações, o jovem casal se entreolhou.

— Estranho, Ana. Mas para mim a obra do padre foi muito além deste maravilhoso museu.

— Também acho, Dani. O que ele me passou o tempo todo foi a mensagem do quanto o planeta é bonito, o quanto as pessoas são valiosas e devem ser enxergadas e cuidadas. Também me transmitiu um sentimento profundo de amor ao próximo. Ele usou a inteligência, o conhecimento, sua criatividade, despendeu todas as forças que possuía por um projeto que acrescentasse à vida da comunidade. Educação, cultura, criação de novos meios de subsistência, de desenvolvimento. E solidariedade. Sei que ele ficou sozinho inúmeras vezes e certamente se entristeceu com as injustiças percebidas. Mas quando vejo este belo museu, a riqueza cultural e o verdadeiro empoderamento que ele provocou ao tornar seu olhar de validação aos humildes, em especial, tenho a sensação magnífica de que este mundo pode ser um lugar melhor, sabe?

Daniel apenas sorriu, aquiescendo tacitamente com as palavras da doce namorada.

—·Concordo, Ana. Por isso guerras decorrentes de vaidade são estéreis. Nada criam, apenas aniquilam. O que sobrevivem são as obras que impactam positivamente a vida alheia. Como o padre Giovanni Gallo tão bem concretizou!

Ana sorriu, aderindo ao raciocínio.

— Mas agora, minha querida, depois da viagem de voadeira, que temos que novamente pegar para retornarmos com luz para Santa Cruz, vamos almoçar numa pousada daqui que tem uma ótima recepção e comida caseira. Estou faminto!

— Vamos sim, Dani! Vou levar essas lembranças do museu na minha mente e em meu coração. Vamos voltar?

— Vamos, sim. Quando trouxermos nosso filho ou filha. Pois desde cedo é que devemos estimular o gosto pelo conhecimento e a autoestima neles.

— Ai, Dani, como você é apressado. Eu mal comecei a faculdade de Psicologia! Mas se Deus quiser, teremos a quem mostrar este museu único!

Em paz, saíram pela porta frontal do museu e ingressaram na via pública, repleta de vegetação arbustiva. Jamais iriam se esquecer desse dia.